— 書き下ろし長編官能小説 —

孕ませ公務員

北條拓人

JN053706

竹書房ラブロマン文庫

目次

この作品は、竹書房ラブロマン文庫のために
書き下ろされたものです。

序章

1

「公平《こうへい》くん。今夜、少し時間を取れるかしら……」

　それこそが、しがない公務員の種田《たねだ》公平の人生に劇的な変化をもたらした魔法の呪文だった。

　その魔法をもたらした美魔女は、公平にとっては雲の上の存在である榊原詩乃《さかきばらしの》。公平とは関わりのない部署の課長職にある人物だ。

　あることを切っ掛けに、公務員としてやる気を失った公平は、二十五歳にしてうだつのあがらない窓際公務員のレッテルがしっかりと張り付いている。そんな公平が、直属の上司でもない榊原課長から声を掛けられたこと自体奇跡と言っていい。それも唐突に、下の名前で呼ばれたのだから戸惑わない方がおかしい。

「ちょっとここでは憚《はばか》られる内容だから退庁してから外ででもいいかしら？」

穏やかな微笑《びしょう》を浮かべたまま、さらに続いた魔法の呪文。お陰で公平の頭の中は、不届きな期待と、それと同じくらいの妙な恐ろしさでいっぱいになった。

三十四歳とわずかに薹《とう》が立っていても美人でスタイルのよい詩乃と外で待ち合わせるなど青天《せいてん》の霹靂《へきれき》。彼女は公平が直接口を利《き》くのも憚られる雲の上の存在のキャリア課長なのだ。

人生を変化させる魔法だとか青天の霹靂だとか、大袈裟《おおげさ》に思われるかもしれないが、断じてそれは大袈裟ではない。

その証拠に、詩乃は待ち合わせ場所に現れるやいなや、「二人きりになれる場所に行きたい」と、ビジネスホテルの一室に公平を誘ったのだ。

大きなダブルベッドばかりがスペースを占有する部屋で、あろうことか詩乃は身に着けていたスーツを脱ぎはじめるのだった。

「公平くん……。本当は種田くんと呼ぶべきなのかも知れないけれど、少しでも緊張しないように名前で呼ばせてね」

紺のブレザーを脱ぎ捨てると、半袖の白いブラウスが現れる。すでに公平の視線は、ブラウスを大きく盛り上げている胸元に張り付いている。

タイトなラインのブラウスのお陰で、見事なまでに突出した乳房と括《くび》れたウエストラインが見事だった。

ブレザーがなくなると、途端《とたん》に大きく前後左右に張り出しているヒップも、その容《かたち》が露わとなって目のやり場に困るほどだ。

中肉中背ながらいわゆる男好きのする魅惑の体つきなのだ。

「公平くんも脱いでくれるかな……。その……キミのおち×ぽを見せて欲しいの」

詩乃は顔色一つ変えずに、公平の心臓を高鳴らせるセリフを吐いた。

男女がホテルの一室で裸になってやることなど、一つしか浮かばない。

(ま、まさか……。課長とヤれる……?)

下品と言われようと、スケベと罵《ののし》られようと、その事ばかりが公平の頭の中を占めていく。

「ち、ち×ぽを見せろと言われましても……」

公平が逡巡《しゅんじゅん》する間も、詩乃の指先は自らのブラウスのボタンを下から順に外していく。

年増痩《としまや》せして、ムダな肉などついていないスッキリとしたお腹周りがチラ見せされ、ついにはそのスレンダーなカラダには、そぐわないほどの巨乳が露《あら》わとなった。

(うわぁぁ、やっぱ課長って、こんなにエロい体つきなんだ……。すっごく綺麗《きれい》なのに、ヤバいくらい艶《なま》めかしい!)

艶肉《つやにく》がしっとりと乗っている割に、腰の括れなどはキュッと締まっているあたり、美意識の高さが窺《うかが》える。

「ねえ。お願い……。だからキミだけじゃなく、私もこうして……」

ほっそりとした白魚《しらうお》のような指先が躊躇《ちゅうちょ》することなくスカートのホックを外し、サイドのファスナーも引き下げていく。

そのまま摘《つ》まんでいたスカートをストンと床に落とすと、悩ましい腰つきが凄まじい官能美を添えて現れた。

さらに詩乃は、肌の色に近いベージュのストッキングの腰部にも手指を運ぶと、見事な脱ぎっぷりでその下腹部から擦《ず》り下げていく。

クネクネと揺れ動く腰つきを公平は、唖然《あぜん》として眺めた。

淑《しと》やかで清楚な美貌《びぼう》が、いまは朱に紅潮して色っぽいことこの上ない。いつもは凛《りん》として庁舎を颯爽《さっそう》と歩く美人課長が、恥じらいの色を浮かべているのだ。

黒曜石のような大きな瞳に、かつて見たこともないような大人の蠱惑《こわく》が含まれていて、公平は目の前がクラクラするのを感じた。

「か、課長……っ！」

常に穏やかな微笑を湛《たた》えていた柔和な美貌が、凄まじい官能味を帯びて妖しいまでにピンクに染まっている。

公平は、もはや何も考えることもできずに、ただ求められるまま身に着けていた衣服を脱ぎはじめた。

未だ残暑の厳しい折、クールビズ期間中ということもあり、公平はポロシャツにスラックスとビジカジスタイルであるだけに脱ぎ出せば裸になるのも早い。

あっという間に全てを脱ぎ捨てた頃には、詩乃も微熟女らしいベージュのブラジャーの背中のホックを外していた。

刹那《せつな》にブラカップが乳膚を滑り落ち、陶磁器のような滑らかな乳肌が現れる。

正直、公平が目にした乳房の中では、最大級と言っていい。その溢《あふ》れんばかりの乳肉が、容《かたち》も悩ましいティアドロップ型に張り詰め、わずかに彼女が身じろぎするだけでも、いかにも柔らかそうにユッサ、ユッサと悩殺的に揺れている。

純白肌の先端をほんのり桜色に色づかせてツンと澄ました乳首が、公平の視線を真っ正面から受け止めている。

むろん、公平が凝視するのはそこばかりではない。微熟女の腹部や腰部、脚部はおろか下腹部までしっかりと目に焼き付けている。

白い肌はどこまでも肌理《きめ》細かく、滑らかで、部屋のやわらかな間接照明に艶《あで》やかに照らされて美しいことこの上ない。細すぎず太すぎずの肉付きは、正しく男好きのするもので、どこまでも男の欲情を煽《あお》り立ててくる。

「公平くん。私みたいな年上でも、魅力を感じてくれる？　つまり、その気になれるかって聞いているのだけど……」

眩《まばゆ》いばかりの全裸を晒《さら》す詩乃が、にじり寄るようにして公平の側に近づいてくる。傍《かたわ》らからその身をしなだれるようにまとわりつかせてくるのだ。

「そんなに緊張しなくていいのよ。これは福利厚生みたいなものと思ってくれれば……。でも、こんなことをするのは、キミがはじめてだから誤解しないでね」

肘に彼女の豊かな胸のふくらみがぶつかり、それだけで公平はどぎまぎした。

女性経験がないわけではない。なのに、これほど緊張してしまうのは、彼女が会社の上司であることもあったが、それ以上に美人であることが大きい。

「もう、少し大きくなっているのね……。とっても立派な持ち物……。噂では耳にしていたけれど、こんなに逞しいなんて予想以上だわ」

公平の分身が社内で噂になっているなど露《つゆ》ほども知らなかった。

ちなみに、公務員たちの間では、役所のことを会社と呼んでいる。

「ぼ、僕のち×ぽが、噂にですか？」

そんな疑問に美人課長は応えることなく、おもむろに公平の前に跪《ひざまず》くとイチモツを品定めするように手を伸ばした。

「うおっ」

驚きと共に公平が呻《うめ》くと同時に、半ばまで包皮で隠された紅玉の小穴から透明な露が溢れ出る。

声を裏返して昂る公平の肉棒を探るように撫でつける詩乃。身を固くしてされるがままでいる公平に、優しい眼差しが向けられる。

「まあ。こんなにすごいのね。熱気が伝わってくる」

役所でも一、二を争う美貌の持ち主である課長に勃起《ぼっき》を晒している気恥ずかしささえ、興奮を加速させる。

「うれしいわ。おち×ぽをこんなに大きくさせてくれて……。十歳近く年上の私の裸に興奮してくれたのね」

「そ、それは課長が、お美しいからで……。いくら僕より年上でも、物凄く綺麗で、若々しくて、それに……おうぅぅっ！　え、エロいです」

「まあ、公平くんってお上手なのね……。ねえ。今だけ私のことを課長と呼ぶのはやめてみない……？　福利厚生みたいなものとは言ったけど、こんなイケナイことをしているのだもの、〝課長〟はイヤよっ」

まるで公平に甘えるような口調に、思わず鼻の下が伸びるのを自覚した。

「あっ、じゃ、じゃあ下の名前で呼んでもいいですか？　詩乃さん……」

横目で微熟女の貌《かお》を盗み見ながら公平は、そっとそう呼んでみる。

「うふふ。はい。公平くん……」

少し甘えたようにそう呼ばれると、新婚にでもなったような気分で、背筋のあたりがこそばゆい。雲の上を歩くような高揚感にも包まれた。

上目遣いの大きな瞳に悪戯《いたずら》っぽくもコケティッシュな光が宿る。

つんと尖らせた朱唇と公平の鈴口が、おもむろにキスをした。

「うおっ！　し、詩乃さん……？」

たったそれだけで、ぞくっと下半身に震えが来た。ねっとりと湿り気を帯びた唇粘膜の感触は、手指以上に気色いい。

「ああ、公平くんのお汁、とっても濃くて塩辛い……」

細い指を付け根に移動させ、朱唇は何度も亀頭部を啄《ついば》んでいく。

鈴口からぷっくらと沁み出す先走り汁に詩乃の涎《よだれ》が混ざり合い、肉傘の滑光《ぬめびか》りがさらに増す。

背筋を走る甘く鋭い電流が、公平の太ももを緊張させ、時折腰が浮いてしまう。

「腰が落ち着かなくなってきたわね。よほど、気持ちがいいみたい……」

あんぐりと開いた朱唇が、天を衝《つ》くほどまでに肥大した肉勃起に覆《おお》い被《かぶ》さる。

しかも、生暖かい感触は亀頭部を越え、ずぶずぶと肉柱全体を呑み込んでいく。

「ぐわあぁぁ～っ！　ち、ち×ぽが、詩乃さんに呑みこまれるぅ～っ！」

理知的で切れ者と評される美人課長が、いかにも美味《おい》しそうに公平の肉棒を喉奥《のどおく》にまで導いてくれる。

頬《ほお》を窪ませ勃起を吸うその淫《みだ》らな美貌は、決して庁舎では見せることのない詩乃の牝貌《めすがお》なのだ。

（ああ、ウソだ。あの榊原女史が、こんなエロ貌で僕のち×ぽを吸うなんて……）

しかも、詩乃のフェラチオは、微熟女のそれだけあって、どこまでも丁寧であり、かつ男のツボを心得ている。

ねっとりした舌を裏筋に絡《から》みつけては、勃起側面には口腔粘膜が張り付き、上顎のざらつきに上反《うわぞ》りを擦《こす》られる。肉柱の半ばあたりを唇が締め付けてくる。

美人上司の口淫奉仕。それも詩乃ほどの美女が咥《くわ》えてくれるのだから、その心地よさと満足感だけで、やるせない射精衝動が込み上げる。

かろうじて堪《こら》えられたのは、雲上人の美しい唇を自らの精液で穢《けが》していいものかと憚られたからだ。

わずかに残された理性を総動員し、公平はギュッと掌を握りしめ、菊座を強く結んで、切なく込み上げる射精感を懸命に耐えた。

にもかかわらず詩乃は、まさしく公平を追い込もうと口腔のスライドを早めている。

「うううううっ。だ、ダメです。詩乃さん……。そんなにされたら僕……」

危険水域に達したと告げたつもりだが、さらに激しく微熟女は牝貌を前後させる。

付け根に添えられた手指で、やわらかく締め付け、もう一方の手は陰嚢《いんのう》を摑《つか》み取りやわやわと揉《も》んでくる。

「ぐうぉぉ～～っ！　やばいですっ。もう射精《で》そう……。このままでは詩乃さんのお口を汚しちゃいますよぉ！」

込み上げる射精衝動に、オクターブの高い呻きを漏《も》らさずにいられない。

「そんなに気持ちいいの？　熱い先走りのお汁が射精みたいに吹き出ているわ」

肉塊を吐きだし美人課長が艶冶《えんや》に笑う。目元まで紅潮させた扇情的な表情は、色っぽいことこの上ない。

「だって、詩乃さんのフェラ気持ちよすぎて……。ほぉおおぅ〜〜っ」

公平に言い訳する暇《いとま》も与えずに、やわらかい掌が肉棹全体を撫で回す。涎まみれになった肉棒をむぎゅっとやわらかく握り締めながら、上反りや裏筋を擦っていく。

夥《おびただ》しくふき零した先走り汁に濡れた美人課長の繊細な指は、てらてらと下劣なヌメリを帯びながらさらに情熱を増した。

「いいよ。公平くん。私の手でも、お口でも好きな場所に射精《だ》して……」

朱唇から漏れ出す吐息が、肉勃起の先端に熱く吹きかけられる。漆黒の髪から立ち上る甘く芳《かぐわ》しい匂いも、公平を凄まじく陶酔させる。

慈悲深い許しを得た牡獣《おすじゅう》は、情け深く奉仕する美人上司をうっとりと視姦しながら放出のトリガーを引いた。

「うぐぅっ……詩乃さん、僕、もう……」

陰嚢が硬く引き締まり、放精に向けての凝縮を終える。肉傘が限界にまで膨《ふく》れ上がり、悦楽の断末魔にのたうちまわる。

「いいよ。私がお口で受け止めてあげる……」

終わりを悟った美魔女課長が再び肉勃起を呑み込むと、その艶貌を大きく前後させ公平を射精へと誘う。

ふしだらな口淫のピッチが上がり、吸いつける力も増していく。付け根を握る手指の締め付けも、しわ袋を弄《もてあそ》ぶ手指の蠢《うごめ》きも、その淫蕩《いんとう》さを増した。

「ぐわぁぁぁぁ～～っ。で、射精《で》ますっ！　し、詩乃さぁ～～ん！」

精嚢で煮え滾《たぎ》っていた濁液が尿道を勢いよく遡《さかのぼ》る。

昂奮が正常な呼吸を阻害し、体内の熱気が気道を焼いた。

「うんんっ……。むふん……。んふぅ……。ああ、こんなにいっぱいぃっ！」

恍惚《こうこつ》の表情で吹き上がる精子を喉奥で受け止める詩乃。ようやく亀頭部を朱唇からひり出すと、口腔いっぱいに撒《ま》き散らされた子胤《こだね》を確かめるかのように掌に吐き出した。

「あん。とっても濃いのね。これならどんなおんなでも孕《はら》ませることができそう」

唇の端から零れ出た公平の牡雫《おすしずく》を色っぽく薬指で拭《ぬぐ》いながら、うっとりと詩乃がつぶやいた。

あまりにも淫らで美しいその貌に、射精《だ》したばかりであるはずの公平の肉塊は、なおも収まりがつかない。

「うふふ。こんなに精力たっぷりだなんて嬉しい誤算よ。公平くん」

艶治に微笑む美人上司は、普段の公務員然としたお堅いイメージをすっかり霧散させ、熟女の濃艶さを全開にさせている。

「いいえ、それどころか、キミは大当たりの逸材かも。ねえ、私にそのことを証明してみせて」

そう言いながら詩乃が、公平の胸板を押すようにしてダブルベッドに仰向《あおむ》けになるよう促《うなが》した。

2

妖しいまでの美しさで迫りくる詩乃に、後ずさるようにして公平はベッドにまで行きつき、ドスンと腰を落とす。そのまま仰向けになり、背中と足を使いベッドの中央にずり上がった。

「うふふ。器用ね」

追いかけて来た雲上人《うんじようびと》が、公平の体の上に覆いかぶさってくる。

陶磁器のような白肌が、滑らかに公平の上を滑っていく。

大きな眼を妖しく細めながら美人上司が手を鉤《かぎ》状にし、指の腹を公平の胸板から下腹部へと、ゆっくりと這《は》わせはじめる。

「し、詩乃さん。あうううっ……」

すべやかな手指が上半身を繊細になぞると、途端に全身の毛という毛が逆立った。触れるか触れないかのフェザータッチが、驚くほどの快感を呼び起こすのだ。

「うおぉ……。し、詩乃さんの掌、気持ちいい……」

やわらかくもしっとりと吸い付いてくる掌。女性に触られることがこんなにも癒され、心地よく、かつ官能が呼び起こされるものだとは思いもよらなかった。

「私の手が特別ではないのよ。男性のごつごつした手でも、おんなは感じているでしょう……。やさしく、愛情たっぷりに触られると誰しも感じるものなの」

何ゆえであろうか、詩乃は公平に愛撫の何たるかを手ほどきする。

「けれど、女性に触るときは、やさしく壊れ物を扱《あつか》うように……。はじめはカラダの中心から遠くを……。掌のぬくもりを相手に伝えるくらいで丁度いいわ」

体の側面をじっくりと撫でられてから、情感たっぷりに胸板をまさぐられるうちに、すっかり公平は心まで蕩《とろ》かされ、同時に得も言われぬ興奮が湧《わ》き立っている。

美人課長の言葉の通り、次第に肌が火照《ほて》り、その鋭敏さが増していくのだ。

「あううぅっ……あっ、し、詩乃さん……」

　掌底でやさしく乳首を擦られると、尻穴がムズムズするような、くすぐったくも芳醇な快感が湧き起こり、ツンと小さな乳首が勃起する。

「ほら、可愛い乳首が固くなってきた。これが唇でも愛撫していいサインよ」

　掠れた声を漏らしていた朱唇が、公平の乳首にあてがわれた。

　滑る唇に乳首を覆われたまま、薄い舌にくるくると乳輪の外周をあやされる。

「あううううぅっ……。あっ、あぁ……」

　おんなが乳首愛撫に喘《あえ》ぐ気持ちが、ようやく判った。女の子のように呻きを漏らしてしまうことが酷《ひど》く恥ずかしいが、どうにもならない。

　レロレロと舌先で小さな乳頭をあやされ、朱唇にちゅぽっと吸い付かれると、体の力が全て抜け落ちそうになる。唯一、肉塊だけがやるせない快感に悲鳴を上げるように、さらにガチガチに硬直を強めた。

　それを見透かしたように美人課長の手指が、密林のような剛毛を指先で弄んでから、内もものやわらかいところを擦っていく。

　分身を擦ってもらえそうな期待を儚《はかな》くも外されるもどかしさ。内ももや乳首からの焦《じ》れるような快感もあいまって、公平は勃起を跳ね上げた。

「まあ、すごい！　公平くんのおち×ぽ、活きがいいわ。手も使わずに跳《は》ね上げるなんて……」

紅潮した美貌が艶々として、酷く色っぽい。

庁内ではあれほど凛としている美人課長が、これほどまでに妖艶に変貌するのが信じられない。

「こんなに硬くて大きく膨らませて辛そうね。もうそろそろしちゃおうか……」

公平とて女性経験がないわけではない。だから、そろそろしちゃうとは、セックスをするのだと判っている。

何ゆえに突然、詩乃が公平と交わろうとしているのか判らないが、これほど濃艶な美人上司とできるのだから、細かいことなどどうでもいい。

「したいです。こんなにエロ美しい詩乃さんとやれるなら僕……」

体の上にしなだれる女体をギュッと抱きしめ、正直に本音を口にした。まるで思春期の頃に戻ったかのような心持ちでいるため青臭くも言葉に詰まるほどだ。

「本当はもう少しキミにおんなの扱い方をレクチャーしなくてはならないのだけど、それはこの次にでも……。うふふ。本音を言うとね、私がもうそれどころではなくなっているの……。早く公平くんが欲しくて……」

何故に彼女が、公平にそんな手ほどきをしてくれるのか判らないが、それもどうでもいい。記憶しなければならない重要な情報は「この次に」との部分だけだろう。

「あ、あのね……。先に断っておくけど、私どちらかと言えば感じやすいというか、敏感すぎる質《たち》なの……。だから、こんなに逞《たくま》しいおち×ぽを挿入《い》れたりしたら、恥ずかしいくらい乱れるかもしれないわ。こんなこと久しぶりだし……」

紅潮させていた頬をさらに赤らめる詩乃。恥ずかしい告白に女体まで純ピンクに染めている。

「詩乃さん……」

美人上司があまりに可愛らしく、そんな彼女とセックスできることが無性に嬉しくて、またしても公平は肉棒を嘶《いなな》かせた。

「ああん。その逞しさが私を淫らにさせるの……。だって、こんな罪作りなおち×ぽを見せつけられたら……。こんなに私がふしだらなこと、誰にも言っちゃいやよ。ふたりだけの秘密にしてね」

うっとりと美貌を蕩けさせ、またしても詩乃の手指が肉勃起を捉える。その誇らしげに天を衝く肉塊の真上に、むっちりとした美しい太ももが跨《また》がってくる。

「し、詩乃さん……」

自らが上になることが当たり前のように美人上司が、大きな瞳をキラキラと潤《うる》ませて、そっと腰を浮かせると、自らの陰部を公平の肉塊と交わる位置に移動させる。

掌を公平の太ももに載せ、やや背後に背筋を反らせ気味にして、女淫を近づけてくるのだ。

「自分から迎え入れるなんて、ふしだらな私が公平くんの頭の中に焼き付いてしまうわね……。ああ、でも、構わないわ。私のこの淫らな姿を公平くんの記憶に……！」

ふしだらな行為をしている自覚からか、半ば興奮気味につぶやく詩乃。引き締まったその細腰をゆったりと運び、男根を迎える位置にずらしていく。

公平の腰の上で、美人上司が自らの下肢を折り畳んだまま、左右に大きく太ももをくつろげた。そうすることが大きな肉塊を受け入れるために必要と感じたのか、あるいは公平に、牡牝が結ばれる全容を晒してくれるつもりなのだろうか。

「あぁ、詩乃さん……っ！」

すぐにでも肉柱を咥え込んでしまいそうな淫靡《いんび》な光景に、我知らず公平は息を詰めている。首を亀のように長くして持ち上げ、目を皿のようにして視姦する。

「いやだ、公平くん、そんなに見ないで……。公平くんのいやらしい視線、痛すぎるわ……。ううん。やっぱりちゃんと見て。詩乃が公平くんのおち×ぽを挿入《い》れちゃうところ……。恥ずかしいけど見てっ！」

熱に浮かされているようにつぶやく詩乃。彼女の一方の掌が、公平の肉柱を捕まえ、自らの女陰の中心へと導いていく。

露わな美人上司の秘部は、公平の想像以上に楚々《そそ》としていた。とても三十路《みそじ》熟れしたおんなの性器とは思えない。

ふっくらとした恥丘を繊細な黒い翳《かげ》が淡く覆っている。さらにその下には、あえかに綻《ほころ》ぶ純ピンクの膣口と、その周りを恥ずかしげに花菖蒲《はなしょうぶ》が顔を覗《のぞ》かせている。

可憐と形容してもいいほどの外見とは裏腹に、その内部はおんなとしてしっかりと熟れて、複雑な構造があえかに開いた蜜口から覗き見える。

たっぷりと湿り気を帯びた柔襞《やわひだ》が幾重《いくえ》にもひしめいて孔《あな》と呼べるほどの隙間がない。しかも、その膣口は、肉幹の胴回りとサイズ違いも甚《はなは》だしいほど小さいのだ。見た目には、とても公平の極太肉竿が収まるとは思えないが、女陰とは恐ろしく柔軟であることも公平は知っている。

無言のまま美人上司は、ベッドに後ろ手をつき女体を支えながら、いきり立つ肉塊の先端を恥辱にあてがい、上下に滑らせてから蜜口と噛《か》みあわせる。

「んっ……」

白い喉《のど》から小さな喘ぎが零れると同時に、巾着《きんちゃく》状のいびつな環が拡がり、チュプッと鈴口を覆った。途端に押し寄せる人肌のヌメリ。蜜唇と鈴唇が口づけしただけで、公平の背筋に鋭い喜悦が走った。

「おううぅっ！」

思わず呻きをあげる若牡になどお構いなしに、細腰で小さく円を描くようにして、なおも女陰と亀頭部の淫らな口づけを繰り返す。

「このくらいでいいわね……。じゃあ、公平くん。挿入《い》れるわね……」

どうやら美人上司は、公平の蛮刀に蜜液を擦り付けていたらしい。無言のまま公平も、ぶんぶんと首を縦に振る。

顔を真っ赤にして爆発寸前の自らの心臓音を聞いている。

緊張で身じろぎ一つできずに、詩乃の振る舞いをひたすら見つめる。

美人課長は後ろに傾けていた体重を戻し、公平の肉塊の上で蹲踞《そんきょ》するように身構えると、その美脚を大きくくつろげて、ゆっくりとその細腰を落しはじめた。

ぬぷちゅっ、と湿った水音が響き、温かくやわらかなものに亀頭部が突き刺さる。

「ぐお……っ」

「んふぅぅっ……んん～～っ！」

公平が喉を唸らせたのと詩乃が小鼻から漏らした声がシンクロした。

「んふぅ……す、すごいわ……。お、大っきい！」

美人上司の細腰がなおもずり下がると、予想に違《たが》わぬキツイ締め付けがうねりながら公平の膨らみ切った器官を包みこみ、内部へと迎えてくれる。

もどかしいほどにゆっくりと挿入されていくのは、肉塊の質量が微熟女の予想を上回っていたからに相違ない。

「ん、んふぅっ……んんっ、はうぅっ！」

苦しげな吐息を漏らしながら、一ミリずつ着実に肉棒を呑み込んでいく。

蜜口はパツパツに拡がり、肉管はミリミリッと音が漏れてきそうなほど狭隘《きょうあい》を極めている。相当な膨満感や異物感に苛《さいな》まれているのか、詩乃は眉間に深い皺を寄せ苦悶の表情を浮かべている。

「つく……公平くんのおち×ぽ、ううう……大きいッ！」

やわらかくも窮屈《きゅうくつ》な媚肉鞘《びにくざや》は、入り口がゴム並みに幹を締め付ける巾着であり、内部も相当な狭隘さで侵入した肉柱にねっとりとまとわりついてくる。しかも肉壁は蛇《じゃ》腹《ばら》状であり、うねくる複雑な構造で公平を魅了するのだ。

「あわわわっ。し、詩乃さん、すごくいいですっ。ああ、おま×こって挿入《い》れるだけで、こんなに気持ちよかったでしょうか？」

凄まじい官能が背筋を駆け抜け、射精寸前の危うい悦楽が全身を痺《しび》れさせる。

「あ、あぁ……くふぅ、ううっ……公平くんもすごい。苦しいくらいに内側から広げられているわ！」

それでも詩乃は、熟女らしくひるまずに迎え入れてゆく。狭い膣孔も、その柔軟性は高く、しかも汁気たっぷりであるため、先に進めることができるのだろう。

「あんっ、あうぅっ！」

全身から性熱を放射させ、声を淫らに掠れさせ、詩乃は跨った腰の上で、さらに両膝を蟹足に折った。巨大な質量の肉塊が、ずぶんっと根元まで呑みこまれる。公平のお腹に両手を置き、全体重を預けるように腰を落としたのだ。

「はうううぅぅっ！」

まるでローションを塗りつけたビロードに肉柱を漬け込んだよう。肉幹の裏筋を、にゅるにゅるっとやわらかく包まれながら短い襞《ひだ》に舐《な》めまわされている。甘く狂おしい愉悦に、屹立肉が溶け崩れてしまいそうだ。

「うあ〜〜っ。や、やばい。詩乃さん、気持ちよすぎて、うふううっ！」

悦楽と感動に咽《むせ》ぶ公平に、嫣然《えんぜん》と美人上司が微笑んだ。

「んふぅ……。全部、挿入《はい》ったわね。大きすぎるおち×ぽだけど、全て私の膣内《なか》に」

「う、うん。僕のち×ぽが、詩乃さんのおま×こに、ぶっさりと刺さっています……。

詩乃さんの膣中《なか》、すっごく温かくて、キツキツなのにやわらかいです‼」

図《はか》らずも美人課長と繋《つな》がることができた悦《よろこ》びに背筋が震えている。

「公平くんも逞しいわ……。男前過ぎるおち×ぽに少しでも気を抜くとイッてしまいそう」

朱唇から呻吟《しんぎん》を漏らし、眉根を寄せて苦悶の脂汗《あぶらあせ》を滲《にじ》ませる詩乃。亀頭のふくらみ、エラの張り具合、そして血管でごつごつとした肉幹の感触。その一部始終を媚肉で味わうように、まんじりとして動かない。否、動けないのかもしれない。

「ああん。なんて凄いの……こんなのはじめて……うっ、あはぁっ……。こうしているだけで……あうぅっ……い、イッてしまう！」

肉棹の胴回りと長さに艶尻を震えさせている。その熱さ、その硬さ、そしてその質量に圧倒された膣襞が、なおも淫らな蠕動《ぜんどう》を繰り返す。

あらかじめ明かしてくれていたように、詩乃のやや過剰過ぎるほどに敏感な素肌は、貪欲《どんよく》にその官能を甘受している。

苦悶とウリ二つの表情は、むろん苦痛のそれではない。押し寄せる官能に、息を詰まらせ、美しい額に眉根を寄せ、朱唇をわななかせているのだ。

(詩乃さんが……。あの課長が、おんなの貌《かお》になっている。なんて淫らなんだ。でも、物凄くきれいだっ!)

真っ赤な顔でされるがままでいた公平は、ついに耐えきれずに引き締まった腰をぐんと突きだした。

付け根ギリギリまで咥え込ませたい男の本能に身を委《ゆだ》ねたのだ。

「はうううううっ!」

美しい鼻筋が、くいっと天を仰《あお》いだ。

予期せずに公平に突き上げられたお陰で、女体に力が入らないらしい。奥深くまで貫《つらぬ》かれたまま、全体重を預けるように公平の上に座り込んでいる。

「ううぅっ! お、奥まで届いてる……。私の子宮に、おち×ぽが届いているの……あぁ、こんなのはじめてよ」

悩ましい喘ぎをあげて詩乃が、子宮底に鈴口が達している感覚を教えてくれる。

確かに、軟骨のようなコリコリが鈴口に当たっている手応えがある。

「ああ、熱いわ……。おま×こに火掻《ひか》き棒を詰め込まれたみたい。でも、それがたまらないの。じんわりとお腹の底を温められているようで……。ああ、本当に熱い!」

詩乃が蜜のような匂いの息を小出しに吐き出す。すると、ようやくカラダの内側から緩《ゆる》みはじめ、公平を食い締める膣肉の圧迫も和《やわ》らいだ。存在感たっぷりの肉柱に媚肉が馴染んだのだろう。

「凄いです！　根元まで挿入《はい》ると、余計に気持ちいいっ！　僕のち×ぽが全部、詩乃さんの膣中《なか》に！」

上体がこちら側に倒れ、うっとりした表情が感激に震える公平の顔に近づく。あらためて向き合うと、紅潮させた美貌の妖しい美しさに、興奮が込み上げる。

「ああ、カワイイ……。顔を真っ赤にさせて赤ちゃんみたい……。うふふ、私の公平くんっ」

詩乃の慈《いつく》しみの込められた口づけが、公平に贈られる。そのぷるんとした感触と甘さをたっぷりと味わわせてくれる。

「ああ、もうだめっ。我慢できない……。私、発情しているの……。ねえ、動かしてもいいかしら……。公平くんもいつでも膣中《なか》に射精《だ》して構わないわよ」

蜜壺《みつつぼ》から湧き起こる甘い快楽に負けた美人上司が、くんと蜂腰を蠢かせた。

「あはん……。あっ、あぁっ！」

熱く喘ぎを噴き零しながら身悶えた腰つきが、そのままムチを打たれたかのように前後運動へと変化する。

ねちょっと勃起がひり出されては、ぬぷぬぷんっと呑み込まれる律動に、一気に公平の性感も高まる。ただでさえ上がっている体温が、さらに上昇し、理性が粉々に砕かれて、吐精だけが頭を占めた。

「うあああっ、し、詩乃さんダメです。そ、そんなあぁ……」

突如はじまった腰つきに、公平は慌てて歯を食いしばった。そうでもしなければ、すぐにでも漏らしてしまいそうだ。

その妖しいよがり貌も公平を崩壊へと促す。下半身の動きと肉感も相まって、エロすぎるほどふしだらな嬌態だ。

「ああ、少し動かしただけで、こんなに気持ちいい……。も、もう、私、イッてしまいそう……。ぅふぅ、あぁ、あっ、あぁん……いいの。たまらない……」

切なげに啼きながら、お腹をうねらせ蜂腰を前後させる美人上司。貪欲に喜悦を貪《むさぼ》る律動に、なす術《すべ》もなく公平は翻弄《ほんろう》されていく。

「ああ、詩乃さんのおま×このなかを僕のち×ぽが出たり挿入《はい》ったり……」

亀のように首を伸ばし、淫らな交合の眺めを視姦しては、固唾《かたず》を飲んでいる。それは公平ばかりではないらしく、年上の美人課長も、あまりの生々しさに強張《こわば》らせた頬をひどく紅潮させている。

「ああ、こんないやらしい……。これでは動物の交尾と変わらないわね……。あっ、ああん……恥ずかしすぎるのに、気持ちいいのが止まらないの……」

後ろ手で支えた上体を反らし、容《かたち》のいい豊かなふくらみを高々と突きだし、艶やかな蜂腰を自らも揺すらせて快感を貪る詩乃。その悩ましい腰つきに、我知らず公平も腰を突き上げていた。

「ぐふううう……。詩乃さん……ああっ、超気持ちいいよぉ。詩乃さ〜〜んっ！」

熱くその名を呼びながら、ズンズンと腰を突き上げる。情熱に任せた単調な抽送《ちゅうそう》ながら成熟した女体には十分に快美であるらしい。

「いいっ……。ねえ、もっと……もっとして！」

扇情的な求めを朱唇から漏らし、悩ましい腰つきがさらに速度を増す。

ゆるやかなフラダンスのような腰の動きが、徐々にリズムを上げ、やがてはロデオのような激しい腰つきへと変化するのだ。

「すごいの。ねえ、公平くん、とってもすごいの……。ああ、やっぱり私、こんなに乱れている……。あっ、あっ、あぁ……はしたない私を軽蔑しないでね……」

美貌をくしゃくしゃにさせてよがる美人上司は、凄絶なまでに淫靡でありながら、どこかに清楚さと品のよさを残している。

「ああん、太くて硬いのが、私の奥に当たってるっ。コツン、コツンって頭にまで響いちゃうっ！」

肉柱がトロトロにぬかるんだ肉畔《にくあぜ》を満たし、袋小路で軟骨状の奥壁とぶち当たり、コツンと震動を響かせる。反りあがった公平の尖端が、肉路の臍《へそ》側にある子宮を持ちあげているのだ。

こつんと切っ先が行き止まりにぶつかるたび、漆黒の髪を左右に揺すらせ、苦悶にも似た表情で喘ぐ詩乃の激烈な淫貌を、しっかりと脳裏に焼き付けていく。

(すごい！　あんなに美しい課長が、僕のち×ぽでどんどん乱れていく……！)

男にとってこれほど嬉しい光景はない。文句のつけようもないほどの絶世の美女が、自らの分身に溺れ官能の表情を見せてくれるのだ。

扇情的なおんな振りに射精本能をいやというほど煽られ、気が付けば公平の肉棹はやるせないほどさんざめいている。

「あぅんっ……ああ、いいの。たまらない……。どうしようこんなに淫らに腰を振って……。恥ずかしいくらいおち×ぽに夢中になってる……あっ、あん、あはぁ！」

詩乃にも絶頂の波が近づいているらしく、公平を慮《おもんぱか》る余裕も消え失せている。

ついには、蜂腰を上げては落とす上下の動きで、激しいよがり声をあげている。ぢゅっぷ、ぢゅっぷと淫らな水音を立てさせ、自らの子宮口に公平の切っ先を打ち付け、湧き上がる恥悦に陶酔するのだ。

「あん……あ、あはぁ……。ごめんね公平くんっ！　ふしだらな詩乃を許して、もうイキそうなのっ！」

身も世もなく腰を振り、詩乃は悩ましく啼《な》きまくる。貪るように細腰を蠢かせながら、濃艶に身悶えている。汗みどろの裸身を純ピンクに染めあげ、ムンとしたおんなの匂いを色濃くホテルの部屋に充満させている。

「ああ、イクぅ。詩乃、イッちゃう……。公平くんのおち×ぽで、恥をかくわっ！」

その瞬間、ゴージャスな女体が公平の体にべったりと寄り添った。

つるすべ美肌の温もりともっちりしたやわらかさ。大きな乳房が胸板に潰《つぶ》れる感触。振り乱された雲鬢《うんびん》の甘い香り。汗まみれの女体から漂《ただよ》う発情メスのフェロモン臭。おんなの魅力の全てに溺れながら、陶然と公平は尻を浮かせて突き上げまくる。

「イクっ！　イク、イク、イクぅぅぅ〜〜っ！」

清楚で凛としていた美人上司を絶頂させたのだから興奮しない方がおかしい。その満足と悦びが、もどかしくもやるせない射精衝動に変換され、皺袋に蓄積された。

「僕も！　詩乃さん。僕も射精《イ》くっ。ああ、詩乃ぉ〜〜っ！」

「きてっ！　お願い……。私の膣内《なか》に……はおぉっ……公平くんの精子で子宮をいっぱいにしてっ！」

淫情に煙る妖しい瞳で美人課長が受精を求める。細腕が首筋にすがりつき、ゼロ距離に絡みついてくる。うっとりと公平は、悩ましい詩乃のイキ貌を目に焼き付けながら、激しい突き上げを繰り返す。

限界まで膨らませた肉塊で膣孔を磨《みが》き、勢いよく抜き出しては、また埋め込んだ。

「はうん！　あん、あん、あぁ。イクっ！　公平くん、イクの、またイクぅ〜〜っ！」

「射精《だ》すよ！　うあぁぁ〜っ、しのおおおおおおぉ〜〜っ！」

やるせない衝動に急き立てられ、公平は最後の突き上げを送った。

本能の囁くまま、美人上司の最奥に切っ先を運び、縛《いまし》めを解いた。

礫《つぶて》のような一塊となった精液が、肉柱をぶるんと媚膣で震わせる。

堪えに堪えていた射精の悦びが、腰骨、背骨、脛骨《けいこつ》を順に蕩かし、ついには脳髄まで焼き尽くした。

（ああ、射精《で》てる！　詩乃さんのなかに……。課長のま×こに中出ししてる……！）

その事実を嚙み締めるだけで、愉悦が百倍にも千倍にも膨らんでいく。

射精痙攣《けいれん》に肉塊が躍るたび、詩乃も淫らにびくびくんと太ももを震わせていた。

「あはぁんッ、熱いぃっ……公平くんの精子熱いわ……ああ、子宮を灼《や》かれている
……んふぅぅっんん」

たっぷりと耕した牝畝《めすうね》の隅々《すみずみ》にまで子胤をまき散らかす快感。激しい動悸と種付けの満足に、鮮烈な色彩が目の前をくるくる回る。

「気持ちいいですっ！　詩乃さんのおま×こが僕の精子を吸い出しています」

「ああ、公平くんの精子、さっき、お口にあんなに出したのに……。子宮が溺れてしまいそう……。ああ、でも、気持ちいい……熱いのでいっぱいに充《み》たされて……」

啜《すす》り泣きをこぼす朱唇が、公平の口を覆ってくる。

公平が舌を伸ばすと、詩乃は口を開けて舌を差し出してくれた。

舌を絡め合い、唾液《だえき》を混じり合わせ、湿った音色を奏《かな》でていく。公平は豊麗《ほうれい》な女体をぎゅっと抱きしめ、なおも腰を捏《つく》ねるようにして挿入を深めた。

二人は、唇も、カラダも、互いの性器も、そして心までもべったりと密着させ、どこまでも一つに溶けあった。

第一章　特命と巨乳未亡人の悶え

1

「あぁ、詩乃さんのおっぱい、やっぱり芸術的な美しさです！　眩《まぶ》し過ぎて目が潰れそう！」

たわわという形容がそのまま具現化したような美人上司の乳房。白磁《はくじ》のようなふくらみが、露わにも悩ましく揺れている。

対面座位で交わったまま至近距離で美人上司の乳房をまさぐっているのだ。

驚異のGカップと知らされたふくらみは、見事な丸味を保ったまま熟しきり、それでいて少しの型崩れや垂《た》れも見せずに神々しいまでに張り詰めている。

その先端には薄紅の乳輪が、薄く削られた貝殻ほどの段差でプックリと盛り上がり、乳首をツンと尖らせていた。

その魅惑のふくらみを公平は遠慮会釈もなく掌に収め、ゆったりとした乳揉みを繰り返している。

「んっ……んふぅ……ああん。公平くんのその手つきいやらしい……」

途方もないやわらかさの物体が、公平の手の中で自在に容《かたち》を変えていく。それでいてピンと張った乳肌が心地よく反発してくる。

しこる乳首が掌底をくすぐり、たまらなく掌の性感を愉《たの》しませてくれる。

一たびその乳房の丘陵に触れた途端、磁石のように手指が離れない。否、離すことができないのだ。吸いつくような滑らかな感触。湿り気があり、それでいて温かく、公平の指ばかりか心までを吸い寄せて離さなかった。

「大切に扱われているのに、とっても感じちゃう……。あはぁ、そんな風に触られたら、お、おっぱいがもっと敏感に……」

ビジュアル的にも、ひしゃげては元に戻り、また指の間にひり出されして、公平の興奮を煽ってくる。

女陰に埋められた肉棒が切ないのか、執拗な乳揉みが堪《たま》らないのか、細眉を艶っぽく歪《ゆが》めながら蜂腰を捩《よ》じらせて身悶える微熟女。その頂点に位置する乳首が、淫らなまでに尖りを増している。

その乳頭を掌底に擦《す》り潰しながら、なおも乳房を揉み上げる。

「はあ……」

眼を閉じて顔を横に背《そむ》けていた詩乃が、悩ましく息を吐いた。

「おっぱいの火照りが、おま×こにまで伝わって疼《うず》いちゃう……」

独り言のように喘ぎながら女体を捩《よじ》る美人上司。薄く朱に染まった乳房が、容器から出したばかりのプリンのようにプルプルと揺れまくる。

「本当に感じやすいおっぱいですよね。大きさと感じやすさって比例するのでしょうか……？　にしても、こんなに重たいと肩も凝《こ》るでしょう？」

掌に余る肉房を恭《うやうや》しく下から捧げ持ち、その重さを量る。鏡餅にも似た美巨乳は、片方だけでも2キロ以上ありそうだ。

「大きさと感じやすさの関係は個人差があるから……。でも、ええ。肩こりは……。それよりもっと困るのは、大概の男の視線を惹《ひ》きつけてしまうことね……。いい加減にしてって思うこともあるわ」

さもありなんと公平も思う。

ブラウスを不自然なまでに大きく張りつめさせ、身じろぎするだけでも悩ましく揺れる胸元に、中身がどんなであろうかと想像する男はさぞ多かろう。それも清楚な美貌の知的美女の胸元なのだ。かく言う公平も、この乳房を妄想した一人だ。

「大体、バストが102センチもあるのに、ウエストが60センチしかないなんて、こんな奇跡のエロボディ、男の眼を惹《ひ》かない方がおかしいです」

その言葉通り、男の目を惹くのは、胸元ばかりではない。

きゅっとした腰の括れから一転、腰部が婀娜っぽいラインを描いて左右に張り出していくから、その臀部の魅力も乳房並に凄まじい。理知的な割に、おっとりとした詩乃だから、その背後からの男たちの視線に気づいていないだけなのだ。

公平は、乳房にあてがっていた手をその尻朶《しりたぶ》に運び、鷲摑《わしづか》みにする。

ふわふわのマシュマロ乳房とは、また違った弾力性《だんりょくせい》に富んだ98センチの媚ヒップ。そのトロ肌に包まれた尻朶を、ぐいっとこちら側に引きつけてやる。

三分の一ほど残されていた肉幹が、ぢゅぶんと淫らな水音をたて、女陰に全て呑み込まれる。

「はううぅっ！」

悩ましくも甲高い牝啼きが、ホテルの部屋に響いた。

はじめて美人上司と結ばれて以来、もっぱらこの部屋で逢瀬《おうせ》が続いている。

もっとも詩乃に言わせると、これはレクチャーであるらしい。

詩乃は、国家公務員の上級試験にも合格したほどの才媛である。政令指定都市とは言え地方公務員に収まるような人材ではないのだ。

まして公平如き、窓際で燻《くすぶ》るダメ公務員の相手をするようなおんなでもない。いわば雲上人である詩乃が、惜しげもなく女体を晒してまで、何ゆえに公平に手取り足取りレクチャーをするのかを明かしてくれたのは、二回目の逢瀬の時だった——。

「抜き打ちのテストのようで申し訳なかったけれど、公平くんは合格したから……。今後キミには、特別な公務を果たしてもらいたいの。私がキミのお目付け役になるから、よろしく」

業務命令のような口調ではあったが、その時、彼女は黒い下着を四肢に残したまま、公平の上に騎乗位で跨っていた。

凄まじい快感とあまりの眼福に、何を言われているのかもよく理解できなかったほどだ。

結局、美人上司の言う公務とやらが詳しく説明されたのは、極上の熟れ女陰に熱い牡汁をたっぷりと撒き散らした後のことだ。

「その特別な公務ってなんです？　うだつのあがらない〝はぐれ公務員〟の僕に務まるのでしょうか？」

公平の胸板に甘えるように寄り添う詩乃。そのどこまでもやわらかい乳房に指先を埋めながら尋ねると、美人上司は熱い息を漏らして言葉を継いだ。

「キミの新しい公務は、女性を孕ませることよ。もちろん、そういう希望がある女性に対してだけど。つまり、少子化対策の一環としてキミに種付けを任せたいの」

「はあ？　種付けぇ⁇」

そんな突拍子もない美人課長の説明に公平が戸惑うのも当然だろう。

「そんな顔しないの。いたって真面目な話なのだから……。まあ世間的には、もっと聞こえのいい〝妊活〟という言葉を使うけど。それでも、こんなこと公務にしていいのかさえ疑問よね。とは言え、バカな政治家と中央政府からの指示には逆らえないわ。私だって、しがない地方公務員でしかないから」

訝《いぶか》しむ公平の顔に、美人課長が半ば諦めのように言い募った。

むろん、中央から「種付けを公務として行え」などと直接的な指示があった訳ではないだろう。恐らくは、抜本的かつ具体的な少子化対策を打つようにと通達があった程度のはずだ。

それを受けた役所の上の人間たちが、困り果てた挙句《あげく》に、こんなしょうもない〝妊活〟なる公務を思いついたのだろう。

察するに、国家公務員の上級試験をクリアする切れ者で、人望も厚い才媛の詩織に、前例の無い面倒なプロジェクトを押し付けようとしているに違いなかった。

「失礼を承知で言いますが、なんだかトラップのような人事ですね。お察しします」

公平にも身に覚えがあるだけに、心から詩乃には同情した。生き残るためには彼女に断る選択肢などないのだろう。

「ごめんね。公平くん。そんな座礁寸前の船の乗員にキミを選んでしまって」

確かに、出航前から座礁寸前であるように思える。だからこそ詩乃は、こうして自らの女体を公平に提供しているのだろうか。否、切れ者である詩乃のことだから何か別の意味があるのかもしれない。

「いずれにしても僕は、窓際のはぐれ公務員ですから座礁寸前でもなんでも構わないのですが、でも、どうして僕なのです？　もっと優秀な人材がいるでしょう」

それは謙遜《けんそん》でもなんでもなく公平の本音だ。入庁当初は、いざ知らず、いまの公平は、心が折れまくって自信も全て失っている。

「あら、キミがその優秀な人材だからこそスカウトしているのよ。ほら、先日、社員全員に健康診断を受けるようお達しが出たでしょう？」

突然、詩乃の話があらぬ方に飛び、公平は「はぁ」と生返事で首を縦に振った。

「その診断の結果が、極秘裏に私の手元に届いたの……。健康状態や遺伝子の異常の有無などがチェックされて、ふるいに掛けられた〝人材〟のファイルがね。その数人の候補の中から私が、キミを選んだと言うワケ。だからと言って勘違いしないでね。あそこまでの面談はキミだけだし、選ばれたのもキミだけだから……」

確かに、健康診断を受けている。けれど、それは総務部から喧《やかま》しく催促されたからで、そのデータがこんな形で使用されるなど微塵《みじん》も考えていなかった。

「個人情報云々《うんぬん》に関しては、重々承知の上だから聞く耳は持たないわよ」

これだけ個人情報の扱いにやかましい世の中で、よくもこんなことが許されたものだと思う反面、何となくウチの役所らしいとも思え、その点に関しては追及する気にはなれない。

「でしょうね……。けれど、百歩譲って、僕の他にも健康で遺伝子も優秀な候補がいた訳でしょう。そいつの方が仕事の面でも僕なんかよりずっとできるでしょう」

「そんなに拗《す》ねないの。キミだって、仕事のできる公務員じゃない」

「拗ねないのって……。だから僕は、はぐれ公務員の札付きなのですよ。そもそも詩乃さんは僕の事なんて知らなかったでしょう？」

子ども扱いされたようで、カアッと頭に血が上った。もっとも詩乃の乳房に戯れている姿は、幼子のように映って当然かもしれない。

「ほら、やっぱり拗ねてる。札付きっていうけど、それは他人からのレッテルでしょう？　公平くんのことは知っていたわよ。キミは真面目で一生懸命に仕事をしていたルーキーだったわ。研修生として一か月、私のところに配属されたでしょう？」

言われて公平はやっと思い出した。まるで接点などないように思い込んでいたが、確かに入庁一年目に詩乃の下に配属になった時期があった。

すでに詩乃は課長職にあり、ペーペーのルーキーには、雲の上の存在であったから記憶から消えていたのだ。

けれど、思えば、あの頃から詩乃を綺麗な人だと認識はしていた。

「いや……。でも、あの時、詩乃さんと、口を利いた覚えもなくて……。研修中だったから仕事だってろくに……」

「あら。仕事の呑み込みは早かったわよ。何でも率先してやっていたし……。だから、キミが窓際で燻っているのをもったいないとずっと思っていたの。まあ、今回、キミを選んだのは、私の勘ってやつでしかないけど……」

気持ちよく持ち上げられた所で、はしごを外されるように〝勘〟と言われ、ずっこけた。やはり、詩乃には天然なところがある。

「まあ、僕に白羽の矢が立った理由は判りました。これが裏の公務であることも。つまり、当初は僕一人が専属で動く。成果が上がらなければ、僕一人を切ればいいということですね」

「うん。やっぱりキミは、呑み込みが早い。でも、一つだけ訂正しておくと、キミ一人を切るつもりはないから。このプロジェクトが上手くいかなければ、私も責任を取って役所を辞めるわ」

思いがけぬ詩乃の決意を耳にして、公平は気を引き締めた——。

「にしても、僕、いまだに一つ判らないことがあるのですけど……」

対面座位の交わりに、さすがに焦れはじめた公平は、さらに艶尻をぐいと力強く引き付けながら口にした。

「あん。な、何が、判らないの？　んふん。むふぅ」

蜜壺の入口がキュッと窄《すぼ》まり公平の付け根を締め付ける。美人上司の細く長い腕が首筋にまとわりついて若牡を抱きすくめる。朱唇が公平の唇に吸い付いてくる。尖り切った乳首が胸板に擦れ、美巨乳が吸い付くように押し当てられている。

美人上司の全身が堪らない媚薬となって、公平を官能の坩堝《るつぼ》に誘うのだ。

「ぶふぅっ……。だ、だって、僕の役割は妊活ですよね。種付けが仕事でしょう？なのにどうして僕は、詩乃さんのレクチャーをこんなに受けているのです？」

その質問に、公平の至近距離で詩乃がその眼をぱちくりさせている。その何が判らないのと問うているのか、何をいまさらと呆れているのか。

「いや。だから、これっておんなを悦ばせる術を教え込まれているのですよね？　種付けが目的なら相手を悦ばせる必要がありますか？　って、ことです」

慌てて補足しながら女陰から肉棒を引きずり出そうと、膂力《りょりょく》で尻朶を退《ひ》かせる。

ホカホカの蜜液がまぶされてヌメ光る肉棹。抜けばすぐに具合のいい膣中に埋めたい願望に誘われ、腰をグイと突き上げながらまたしても尻朶を引き付ける。

「ほおおおおぉぉっ。ああん、おま×こ切ないぃっ。奥まで届いているのだもの。詩乃、またはしたなく乱れちゃうわ……」

余裕を失い質問に答えられない美人上司に、公平は抜き挿しを緩める。キュンキュンと膣肉が締めては緩みを繰り返すのを、やるせない思いでやり過ごした。

「そ、それは、市民に奉仕するのが公務員の務めでしょう。あはん！　事務的に種付けされるより気持ちいい方がいいに決まっているわ。それも一種のサービスよ」

なるほど詩乃らしい答えが返ってきた。しかも、さらに意表を突く答えが続く。

「ううっ……。焦《じ》らされると頭の中がぐちゃぐちゃになっちゃう。何だったかしら……。ああ、そう。それにおんなは、悦びを女体に刻まれれば、またそれが欲しくなるものなの。だから、公平くんがそれを与えれば、もっとセックスするようになるはずよ」

詩乃が何を目的としているのか、ようやく公平にも理解できた。

たとえ公平が種付けに失敗しても、セックスの機会が増えれば、おのずと妊娠するケースは増えてくる。役所に頼らずともパートナーを見つけようと努力もするはずだ。

だからこそ、詩乃はゴージャスボディを教材に、性の深淵をレクチャーしてくれているのだ。

「なるほど。判りました。つまり僕の公務は、依頼主を孕ませると同時にイカせるってことですね。にしても、僕は、教えて貰《もら》わなければならないほど下手ですか？」

決して、性技に自信があるわけではないが、下手くそとの自覚もないだけに少し凹《へこ》む。

「下手じゃなかったわよ。おんな泣かせのおち×ぽも持ち合わせているし……。でも、身に着けておいてムダにはならないでしょう？」

　あっけらかんと言われ公平は苦笑するばかり。確かに、どんな女性を相手にするか判らないのだから引き出しは多いに越したことはない。それに何よりも、詩乃がこうして身を任せてくれるのだから、これ以上の役得はないだろう。

「ああん。そんなことよりもお願い。意地悪しないで動かしてぇ……」

　健康な女体が、対面座位に貫かれたまま執拗に浅瀬を擦られていたのだから焦れずにいる方がおかしい。しかも、詩乃はすでに一度、絶頂に呑まれながら公平の射精を膣孔で受け止めているのだ。すっかりと発情をきたした女体を、切ないまでに疼かせていても不思議はない。

「うん。判りました。それじゃあ、思い切り動かしますね……。たっぷりおま×こをち×ぽで突いてあげますから、ちゃんとイクのですよ！」

　そう言い聞かせた公平は、絶頂の兆《きざ》した微熟女の背筋を抱きかかえ、そのままベッドに着地させると、その細い足首を捕まえ、力任せにぐいっと持ち上げた。

　女体を折りたたみ、その上に覆い被さり、美脚を両肩に担ぎ込んで自らも大きく前方へと倒れ込んでいく。

　二つに女体を折られ、お尻だけが持ち上がった美人上司は、小さく呻いている。

「詩乃さん、あぁ詩乃っ！　イキかけのま×こで僕のち×ぽを受け止めて！」

美人上司を力任せに屈服させているようで、新たな興奮が公平を暴走させる。

詩乃の返事を待つこともなく、いきり勃《た》った分身を女陰から大きく退かせると、反転、一気に奥までずぶずぶずぶっと埋め戻した。

「ほううううううううぅぅぅっ！」

甲高くくぐもった悲鳴の如き呻きが、美人課長の口から洩れた。

苦しげでありながらどこか安堵にも似た表情を浮かべる詩乃。すぐにまた律動させる公平に狼狽《ろうばい》の色も浮かべている。

「あんっ、ダメ、イキそうなおま×こ搔きまわされたら私……んふ、んんんっ！」

性悦に蕩けた媚肉は、詩乃の意に反し、艶やかに剛直を絡め取る。

高々と媚尻を掲げた屈曲位に、結合部がくっきりと見えている。

「ああ、僕のち×ぽが詩乃さんの入り口をパツパツに拡げているのが丸見えだ！」

昂《たか》ぶりの声をあげながら公平は手を伸ばし、微熟女の肉のあわい目でそっと息吹く可憐な肉芽を指先に捉えた。

「えっ？　あっ、ダメッ。公平くんっ、そこ触っちゃダメぇ……っ！」

絶頂が兆したまま、泣き所を責められてはたまらない。美人上司はさすがに腰を揺すり、その手を逃れようとした。けれど、むろん公平はそれを許さない。

「詩乃さん、大人しくして。その美しいイキ貌を僕は何度でも見たいんだ……！」

甘く言い聞かせながら器用な指先でルビー色に尖った肉芽をちょんと突くと、包皮から牝芯が顔を覗かせた。

「きゃうっ！　ひあっ、あああああぁ～～っ！」

性神経の集積した小さな器官は、やさしく嬲《なぶ》るだけでも、それに見合わぬ強烈な肉悦を湧き起こす。半狂乱に熟れた女体が躍った。押し寄せる喜悦の大波に全身を揉まれながら、華奢《きゃしゃ》な手が虚空にもがく。糸が絡まった操り人形のように闇雲に何度か空を切ったあと、公平の首筋にひしとしがみついた。

その器量のよさもさることながら、知性の方も並外れて優れているキャリア公務員。けれど今は、官能の暴発を抑制《よくせい》する理性など微塵も残していない。

「ダメぇっ。あぁダメなの私っ。そ、そんな敏感な部分、いま触られたら……はうううっ……イッ、イクぅ……ああっ、詩乃、イクぅ～～っ」

涙をこぼし、全身が鴇色《ときいろ》に染まるほど息《いき》む超絶美熟女。媚麗な女体のあちこちを硬直させ、苦しげにイキ極めている。

引きつれるように頭を突っぱり、細《ほ》っそりと尖った頤を天に晒し、発達した双臀を宙に浮かせたまま女体のあちこちが艶めかしく痙攣するのだ。

「ああ、詩乃さんが、またイッている……。こんなに全身を息ませて、淫らなアクメ貌……。なのに、詩乃さんはものすごくきれいです……」

またしても美人上司を絶頂へと導いた。その妖しくも美しいイキ貌を拝むことができた。その達成感の一方で、凄まじい渇望が公平の下半身を苛んでいる。

もどかしく疼く欲求に、たまらず公平は牡獣と化し、強腰を使いはじめた。

ぶぢゅ、くちゅ、ぢゅりゅんっと、うねくるぬかるみに抜き挿しすると、またしても美人課長が妖しく身悶える。

「あん。ダメぇ、イッたばかりのおま×こ、そんなに突かないで……。切ないの、とっても切ないぃ……っ」

苦しげに美貌を歪め静止を求める詩乃。けれどその苦悶の表情がかえって公平を煽り、その腰つきをさらに力強いものにさせていく。

「あん、あん、あはぁ……私、本当にいやらしい。おま×こ切ないのに、イッている途中なのに……。それでも公平くんに嵌《は》められていたいって、わなないているの」

ずぶんずぶんと力強く腰を振る公平に合わせ、婀娜っぽい細腰がクナクナと揺れはじめる。身も心も全て蕩かせた詩乃は、紛《まぎ》れもなく公平のおんなだ。

「あん、あん、あぁぁっ！　またイクっ。もう詩乃はイクのを止められないの！　はしたなくて、ごめんね。公平くんのおち×ぽで、詩乃、何度でもイッちゃうぅっ！」

艶媚女のあられもない嬌態に魅せられ、闇雲に公平は股座《またぐら》をぶつけていく。屈曲位から正常位に移行させ、雄々しい抽送を発情の坩堝と化した女陰にずぶずぶと抜き挿しさせる。

「あぁん、素敵よ、素敵……。公平くん……もっと深くまできてっ……大丈夫、大丈夫だから……詩乃の奥まで突いてぇ！」

切なげに啼き叫び、自らも蜂腰を振る年上のおんな。美人課長が動くたび、敏感な粘膜に心地いい刺激が広がり、肉棒が熱くなる。

ねちゃねちゃの膣孔は、公平の分身をしゃぶるようにあやしては、喰い締めてくる。彼女がしてくれた極上フェラチオより数万倍も心地よいと思えるしゃぶりつきに酔い痴《し》れ、公平は屈強な腰使いで微熟女の恍惚を掘り起こしていく。

「もうダメだ。もう射精《イ》きそう！　ぐわあぁぁっ、詩乃さんんん～～っ！」

ヌルヌルした蜜襞に執拗に何度も擦過させたお陰で、ついに亀頭が強い痺れを発した。とりわけ強い快感が閃くのは、肉傘の縁《ふち》を襞肉に、マッチのように擦り合わせる瞬間だ。まさしく火を噴くような快楽が、カリ首から脳天へと突き抜けるのだ。

「ぐふぅ、射精《イ》くよ！　詩乃さんのおま×こに、射精《イ》ぅ～っ！」

牡の支配欲を剥《む》き出しにした公平は、その名を繰り返し呼びながら胤汁を噴出させた。

牡獣の子を孕む本能的な悦びが媚膣を収斂《しゅうれん》させる。まるで逸物《いちもつ》にすがりつくかのように肉襞をひしと絡め、白濁液《はくだくえき》を搾《しぼ》り取ってくれるのだ。

男の情欲を全身で受け止める詩乃は、絶頂を極めたまま公平の背中に繊細な爪を立てた。

すらりとした美脚が公平の腰に絡みつく。より深いところで精液を浴びようと牝の本能がそうさせるのだろう。結果、公平は凝結した精嚢《せいのう》をべったりと股座に密着させ、根元まで分身を呑み込ませて果てることができた。

今日、何度目の吐精かも判らなくなるほど放出しているのに、濃厚な濁液は粘っこく年上美女の子宮を溺れさせるのだった。

2

「えーと。サービスを提供するお相手は、長野瑞穂《ながのみずほ》さん。三十八歳の未亡人だっけ」

指定されたホテルの部屋の扉の前で、ここで待ち受けている女性のプロフィールを今一度頭の中で復唱してから、公平は大きく息を吐いた。

がらにもなく緊張している。

それもそのはず。これから新たな部署での初仕事が待ち受けているのだ。

「にしても、まさか本当に種付けの依頼があるなんて……」

公平は一週間前、「公平くん。特命課での初仕事よ」と事もなげに告げてきた美人課長の横顔を思い出していた――。


いつになくやる気になっていた半面、他方では、種付けの依頼などあるものかと訝しんでいた矢先だった。

よほど優秀な人物の子胤であるとのお墨付きでもあるならまだしも、一地方公務員に過ぎない公平の子胤など誰が望むのだろうと自嘲気味に思っていたのだ。

名目上ではあるが、『未来局少子化対策室特命課』なる長い名称の新たな部署が新設され、まさかの正式な辞令が公平にも降りている。

詩乃とふたりきりの対策室ながら曲がりなりにも体制は整えられたのだ。

とは言え、お試しのような制度のために急遽《きゅうきょ》設置された部署でもあるだけに、この部署の実態を知る者は役所でも上層部のごく一部だ。表向きの業務内容は、統計に基づき少子化対策の案を作成するとなっているが、本来の業務内容である種付けは、役所内はもとより市民にも極秘とされている。

そんな状況では、余計に種付けの依頼など舞い込むはずがないと思っていたのだ。ところがだ。対策室が設置されて数日のうちに、詩乃から特命課での初仕事を命じられたのだ。

恐らくは、詩乃が密かに張り巡らしたネットワークからの依頼なのだろう。美人課長の辣腕《らつわん》を承知していたつもりだが、それでも正直見くびっていたらしい。

「それって依頼主は、僕の子胤で納得しているのですか？」

思わず問い返す公平に、詩乃は当然と言った表情でこくんと頷《うなず》いた。

「むろん、納得してるからこその依頼よ。お相手の都合もあって、今月の二十日にセッティングしたから」

「は、二十日ってもう一週間もないじゃないですか！」

驚きの連続の公平とは対照的に、美人上司は艶冶《えんや》に微笑んでいる。

それを告げられたのは例のホテルの部屋で、レクチャーを受けていた最中であったから周りを憚る必要はない。

「あら、別に、慌てることもないじゃない。公平くんなら大丈夫よ。準備と言えば、子胤を溜めなくちゃだから、今日を最後に射精は禁止ね。うふふ。その分、たっぷりと……」

ふっくらとした朱唇が、ちゅっと公平の唇に押し当てられた。太鼓判と励ましの両方の意味であったのだろう。

何の根拠もない太鼓判にしても、それだけ公平を信頼してくれている証《あか》しだ。

その信頼に応えるべく公平は今ここに立っている――。

もう一度、深呼吸してから扉の横の呼び鈴を押した。

「はい」

少し間があってから扉の向こう側から返事があった。

恐らく相手は、扉のノゾキ穴からこちらを見ているはずだ。

「あの。少子化対策室のモノです」

「はい」

案の定、扉のすぐ側から声が聞こえた。

重々しくドアが引かれると、そこには日本人離れしたグラマラスな極上の女性が佇んでいた。

どこか近寄りがたいほどの品のよいオーラを纏《まと》う反面、凄まじいほどの色香がダダ洩れになっている。それが瑞穂の第一印象だ。

「入って……」

そのあまりの美しさと妖艶さに唖然としている公平の腕を取り、引きずり込むように部屋の中に誘われる。

恐らくは、他人の目を気にしているのだろう。ゆっくりと締まろうとするドアも、しなやかな手が引っ張るようにして閉じられる。

公平と体を入れ替え、ドアを背にして立つ彼女と、目と目がばっちり合った。

「お待ちしていました。種田公平さん……ですよね？」

彼女が放つ濃艶な熱のようなものに圧倒されつつ公平も慌てて名乗った。

「あ、改めまして少子化対策室特命課の種田です。上司の榊原からここに向かうように指示が……おわっ……！」

口上が尻切れトンボになったのは、瑞穂が公平の腕の中に飛び込んできたためだ。

骨がないのかと思われるほどやわらかな女体。上目遣いの媚熟女が紅唇を唐突に押し当ててくる。

「むほぅ……！」

懸命に身長差を埋めようと瑞穂は背伸びをしているから、女体が不安定に揺れる。その蜂腰を両手で支える公平の唇に、彼女の舌先が突き刺さる。

官能味溢れる唇と濡れた舌で口全体を食べられているようなキス。胸板に圧《お》し潰れる乳房の心地よい反発がたまらない。

メーター越えの詩乃のバストサイズには及ばないものの、年増熟れしたやわらかさは、まさしく蕩けそうとの表現がぴったりだ。

（やばい！　エロボディに圧倒されている。頭の中が真っ白になっちゃうよ……）

口の中に溜まっていく彼女の甘い唾液を嚥下《えんげ》すると、カアッと胃の腑の中で燃え上がった。

（ウソみたいだ。単なる涎がこんなに甘い……。しかも、呑み込んだ途端、胃の中が燃えるようだ。凄い凄いっ！　熟れた女性って全身で男を誑《たぶら》かすんだ……!!）

「おふぅぅっ……。な、長野さん……。ま、まだご挨拶も……おわぁぁっ！」

そんな挨拶など必要ないとばかりに、未亡人が公平のシャツをまくり上げ胸板に唇を吸いつけてくる。

「むふん。瑞穂と呼んでください……。私も公平さんと呼ばせていただきますから」

あらかじめ詩乃から公平のことは聞き及んでいたのだろう。スマホで顔写真も送られていたはずだから瑞穂の方は初対面でも公平の顔は見知っている。

公平の方は、名前と年齢に加え、彼女が未亡人であり、未だに再婚する気になれないものの、古くから続く家を継《つ》ぐ子供は欲しがっている、という大雑把《おおざっぱ》な情報を詩織から聞いている。

それ以上に詳しい事を知らされないのは、公平に余計な先入観を持たせない意味合いもあるのだろうが、まず彼女の秘密を守ることが第一なのだろう。故に、聞かされている〝長野瑞穂〟の名前さえ本名なのか怪しい。

ただ彼女が未亡人であることだけは事実らしい。

彼女の左手の薬指に結婚指輪が残されているからだ。

サービスを提供する相手は、未亡人や結婚は望まないものの子供が欲しい、一定の経済力のある女性を対象にすると決まっていた。このサービスを受ける理由を審査するのは詩織の役目だが、もちろんその辺りのチェックに抜かりがあるはずがない。

「ううっ。み、瑞穂さん……」

公平の胸板を彷徨《さまよ》っていたふっくらとした唇が、小さな乳首に押し当てられる。

まさか公平の性感帯まで知らされている訳はないだろうから、それは美熟未亡人の手練手管《てれんてくだ》に違いない。

小さな乳輪を唇で吸いつけながら、薄くやわらかな舌先が乳首をつんつんと突いてくる。そのくすぐったいような甘いムズムズ感に、一気に分身が膨らんだ。

「うふふ。公平さんのおち×ちん、まだ触れてもいないのに、もうやる気になっているわ。うれしい」

とてもそんな淫らな行為をするようには見えない貴婦人が、まるで痴女の如く公平を挑発してくる。

「誤解しないでくださいね。こんなに積極的にするのはじめてです。こんな風にでもしないと、恥ずかし過ぎて気持ちが萎《な》えてしまいそうだから……」

品のいい顔立ちには、発情の色が確かに浮かんでいる。けれど、彼女が痴女やビッチではないことは、その言葉を訊かずとも判っていた。

しなやかな女体のどこかに生硬さと言うか芯のようなものが残されているからだ。恐らくそれは、瑞穂の緊張の表れであろう。

欲求不満の痴女のような振る舞いは、多少暴走気味ではあるものの彼女自身の恥じらいと躊躇する想いの裏返しなのだ。

(最初の公務が、この未亡人のお相手であることに感謝しなくちゃ……)

心からそう思うほど瑞穂は魅力的だ。けれど、きっとそれは詩乃の配慮が多分に含まれているようにも思われる。

このサービスを受けたいとの希望がどれだけ寄せられているかは判らないが、瑞穂が最初なのは明らかに詩乃のお手盛りだろう。

（だとしたら、やはり詩乃さんの期待に応えなくちゃ！）

改めて決意を固めた公平は、瑞穂の背筋に手指を這わせていった。

3

「実は、僕、これがはじめての公務執行なのです。そのはじめてのお相手が瑞穂さんで僕は幸運です。だって、こんなに美しい人だなんて聞いてなかったから……」

甘く耳元で囁きながら洋服越しにその背筋をまさぐっていく。

瑞穂の身も心も蕩かしてしまいたい。それが公平に与えられた公務でもある。けれど、仕事など忘れるほど夢中になりかけている。

清楚な上に品がよく、それでいて色っぽくて、心まで蕩けてしまいそうなのは公平の方だ。

「綺麗な瑞穂さんをこうして抱きしめているだけで興奮しちゃいます」

ズボンの前を大きく膨らませている肉棒の存在には、未亡人も気がついているはず。抱き締める彼女の下腹部に、硬い強張りがぶつかっている。

「すみません。思春期のガキみたいで……。でも、あまりに瑞穂さんが魅力的すぎるから、こんなに……」

瑞穂の手を取り、自らの分身に導いてやる。これからこの肉棒があなたの膣中《なか》に挿入《はい》るのだと意識させるためだ。

「あん。すごいわ。とっても硬い……。このおち×ちんが、私を孕ませるのね」

彼女が求めているのは、なるべく自然な形で妊娠すること。つまりは、精子提供による人工授精ではなく、男女の自然な営みによる妊娠を望んでいるのだ。

何故、瑞穂がそう望むのかは判らないが、多様な公共サービスを提供するのも公務員の務めであり、それが公平の任務でもある。

「いい匂いだ。清潔でいやらしくて、甘い香り……。ああ、この匂いを嗅いでいると、どんどん発情しちゃいます」

優美なウエーブの掛かったセミロングの髪に鼻を埋め、肺いっぱいに瑞穂の匂いを吸い込む。たったそれだけで、公平の血が熱く湧き立つ。興奮に任せ、そのまま唇を華奢な首筋に運び、舌を這わせた。

「あうぅ……」

紅唇から零れ落ちる甘い呻き。その繊細な手指は公平の下腹部から離れることなく、昂るばかりの肉塊をやさしく撫でつけてくれる。

限りなく欲情が膨れ上がるのは、一週間ばかりの禁欲が拍車をかけているが、そればかりではない。美熟未亡人の凄まじい艶やかさに煽られているからだ。

恐らく瑞穂は、本来公平の手など届くはずのない高嶺《たかね》の花であるに違いない。彼女が放つオーラや何気ない所作から、そう推察している。なればこそ、余計に公平は昂る己を抑《おさ》えられずにいた。

「瑞穂さん。ベッドに移動しましょう。僕、一刻も我慢できません」

まだベッドに向かうには、早すぎる自覚はある。彼女次第では、今日は顔合わせだけになることも考えていたが、もはや公平の方が後戻りなどできない状況にある。このままでは暴発してしまいかねない危惧《きぐ》さえ抱いていた。

逸《はや》る思いを隠せぬまま提案した公平に、瑞穂はポッと頬を上気させながらも、こくんと小さく頷いてくれる。

「瑞穂さん……」

その名を熱く囁きながら公平は軽く屈み、女体をひょいと抱え上げた。

「きゃぁ……！」

突然、お姫様抱っこをされた瑞穂が短い悲鳴をあげる。肉感的と思われた女体は、けれど、驚くほど軽く、儚い印象さえ抱かせる。

公平が、そのまま歩きはじめると、未亡人はその首筋に手を回しながらも、大人しく運ばれるままにしてくれる。

「本当は、もっと信頼関係を築いてから……。お互いのことを知ってからと思うのですけど、瑞穂さんがあまりに魅力的すぎるから一刻も早く妊活したくて……」

赤裸々に熱い想いを告げながら女体をダブルサイズのベッドに運び、やさしく仰向けに横たえさせる。

「あん……」

そんな女性らしい悲鳴さえもが、公平の耳を愉しませてくれる。むろん、男ウケを狙っている訳ではなく、ごく自然に大人カワイイのだ。

改めて公平は、大きなベッドの真ん中に横たえる未亡人を子細に眺めた。

三日月型にアーチを描いた、やや垂れ気味の眼は、漆黒の煌《きら》めきをじっとりと濡れさせながら、公平が何を仕掛けてくるのかと、じっとこちらを見つめている。

まっすぐな鼻梁《びりょう》と小さな鼻腔が品のよさを滲ませている。見るものを切ない気分にさせる紅唇は、官能味たっぷりにぽってりとしていかにもやわらかそうだ。

少し口角が持ち上がり加減なのが、若々しく見える所以《ゆえん》であろうか。

それらの宝石のようなパーツが、うりざね型の小顔の中に絶妙の配置で輝き、大人の魅力を振りまいている。

（やっぱり熟女だからかなぁ。上品で清楚なのに、物凄く色っぽい……）

瑞穂が幸薄い未亡人であるとの先入観が、その色気を倍加させるのかもしれない。

そうでなくとも青磁のような艶めいた白肌や、女性らしい曲線美の際立《きわだ》つボディラインは、男を引き付けるに十分なものがある。

フェミニンな花柄のワンピースに包まれた女体が明らかに細身《ほそみ》であるせいか、その分バストとヒップが強調され、ボン、キュッ、ボンとメリハリがついているのだ。

乳房の大きさだけで言えば、詩乃の方が二回りほども大きいだろう。けれど、先ほど抱きしめた際に感じたやわらかさや反発は、まさしく極上のふくらみであることを告げていた。仰向けに横たえた今も、ブラジャーに支えられているとはいえワンピースの胸元をふっくらと持ち上げたまま誇らしげに上下に息吹《いぶ》いている。

色気でいうなら、スラリと伸びた美脚も負けていない。少しだけめくれ上がった裾から覗いているのは、パンスト越しのふくらはぎ程度だというのに、ムッチリとたまらない魅力を放っている。

「瑞穂さんって凄くスタイルがいいのですね。服を脱がせるのが楽しみです！」

恐らくは、キュッと引き締まった腰の括れひとつとっても、節制と努力の賜物《たまもの》なのだろう。その高い美意識が、この極上ボディを維持させるのだ。

公平は、洋服越しに瑞穂を視姦しながら、自らの着ている服を脱ぎ捨てていく。

「楽しみだなんて、そんな。おばさんのカラダにがっかりしないでくださいね。若い公平さんを愉しませることなんて本当にできるのか、とっても心配……」

自らのカラダを抱くように両腕を交差させながら、瑞穂が不安そうな表情を浮かべている。

一回り以上も年上のはずなのに、そんな彼女が可愛らしく映る。

「おばさんなんてそんな酷いこと……。若々しくて、綺麗で、物凄く色っぽくて……。瑞穂さんほどのいいおんなを僕は知りません」

実際、瑞穂ほど上品で美しさと色っぽさを兼ね備えたおんなを公平は知らない。唯一、上司の詩乃だけは例外だが、それを口にする必要はないだろう。

「うふふ。ありがとう。そんなに魅力的と思ってもらえるのうれしいわ。ねえ早く来て……」

ゆっくりとした所作で、しなやかに両手を広げ公平を促してくれる瑞穂。その凄まじい引力にまるで抗《あらが》えず、公平は四つん這いになってダブルベッドの上の女体ににじり寄った。

4

「瑞穂さん……」

情感を込めてその名を呼ぶと、やや垂れ気味の瞳がうっとりと蕩けていく。

(ああ、そうか。どこよりもこの目が色っぽいんだ……)

「ああん、ダメです……。そんな甘く囁かないでください。公平さんって、とってもいい声だから、その声に溶かされてしまいそうです」

声を褒められるのははじめてだが、瑞穂ほどの美女に褒められてうれしくないはずがない。ちょっとした悦びに浸《ひた》りながら公平は、その手の甲を胸のふくらみの一番高いところに運んでいく。

「あんっ……」

二度三度と、官能的な弾《はず》み具合を確かめる。

「あん。公平さん。そんな悪戯を……」

年上の美熟女から甘く咎《とが》められ、その手の甲をくるりと裏返す。

掌でふくらみを覆うと、指先と親指の付け根部分で、むぎゅりと揉みはじめた。

「うおっ！　やっぱ、やわらかい。瑞穂さんのおっぱい、服の上からでも最高です！」

薄手の生地とはいえワンピースの上からであり、さらに、その下には下着の存在も確認できる。そんな二重の布地越しであっても、瑞穂の乳房は存在感たっぷりにやわらかく、かつ弾力にも充ちている。

「真っ先におっぱいに触るなんて、また思春期のガキみたいなことをしてますよね。でも、そうせずにはいられないほど瑞穂さんのおっぱい、魅力的だから……」

元々、公平の乳房への執着は強く、この世で一番美しく価値のあるモノがおっぱいだと信じている。だからこそ、許されるならいつまでも触っていたい。乳房への愛撫は、詩乃からも仕込まれているが、それも忘れて夢中になっている。

「あん、そんなに揉まないでください。切なくなってしまいます」

技巧も忘れ、ひたすら揉みしだくばかりの愛撫でも、未亡人は感じてくれる。徐々に上気していく美貌が、その証しであろう。

「瑞穂さんって、感じるとそういう貌をするのですね。凄く色っぽい……」

「ああん。イヤです。恥ずかしい……。なのに、どうしても感じてしまうのです。あ、おっぱいが切ないの……」

熱心過ぎる乳揉みに、健康な身体が反応しない方がおかしい。まして瑞穂は未亡人であるが故に、貞淑にも熟れた肉体をずっと寝かしつけてきたのではあるまいか。

「こんなにおっぱいで感じたことなかったのに。あはぁ、なのにこんなに敏感に」

艶々した頬をさらに赤く上気させながら美熟女は、自らの肉体の異変を図らずも教えてくれる。

「ふーん。そうなのですか。だったら、瑞穂さん。この敏感おっぱいに直接触れたらどうなるのでしょう？」

公平の貌には、その期待が充ち溢れている自覚があった。そろそろ洋服越しには飽いて、生の乳房に触れたくて仕方がないのだ。否、生の乳房だけではない。未亡人の女体のあちこちをまさぐり、隅々まで舐めまわしたいと思っている。

「公平さんが、そう望んでくださるのなら……。瑞穂の生のおっぱいをどうぞ堪能してください」

「おっぱいだけですか？　僕は瑞穂さんの全てに触れたいです。手でも唇でも舌でも、そしてこのち×ぽでも。全てを使って瑞穂さんを堪能したい！」

「わ、判りました。公平さんの五感で瑞穂を味わってください。そして瑞穂のおま×こに、公平さんの活きのいい子胤を……」

この美しい未亡人は、今すぐに種付けを受ける覚悟ができているようだ。しかも無償で提供される子胤の対価に、自らの女体を捧げようとしているきらいがある。

（だから瑞穂さんは、こんなにも妖艶に僕を誘ってくれていたのか……。そんな必要はないはずなのに……）

公平には、それが瑞穂の持つ美徳のように感じられ、彼女の好感度が増した。

「背中にワンピースのファスナーが、ついています。それを引き下げれば……」

ベッドから上体を持ち上げ、脱がせる手伝いさえしてくる未亡人。耳まで赤くしているのが、清楚で愛らしい。

「ああ、やっぱり恥ずかしい。公平さんの期待通りならうれしいけれど……」

恥じらう美熟女を他所《よそ》に、その指先で背筋のファスナーを引き下げていく。衣擦《きぬず》れの小さな音が、否が応にも公平の興奮を煽る。

薄い生地が泣き別れ、白い背筋を露わにさせる。するりと華奢な肩からワンピースを落した。

「ああ……っ」

美貌を俯《うつむ》かせ熱い息を美熟女が吐いた。

晒された美しい上半身。想像以上に線が細く、抱きしめたら折れてしまいそうな女体は、けれど、適度な脂肪を載せ、女性らしい丸みを帯びている。

繊細な美術品を思わせるデコルテの美しさと、形よく盛りあがる肉感的な乳房の対比が素晴らしい。

さらに豊かな胸元を過ぎると一転、腰部へとキュッと括れていく曲線美。その全身を覆うキメ細かく滑らかな肌が、女体を神々しいまでに輝かせている。

「もう！　公平さんったら、そんなに見ないでください」

そう口にしながらも、「見て欲しくてたまらないの」と、その瞳が雄弁に主張している。若牡の視線を一身に浴びる喜びに、その身を浸しているのだ。

「瑞穂さんの美しいヌードを見ない訳にいきません」

いつの間にか喉がカラカラで、しわがれた声しか出ない。瑞穂もまた喉の渇きを覚えているのか、しきりに紅唇を舌で湿している。

「すごいです！　おっぱいだけが、前に突き出ている!!」

小振りのメロンほどもあるだろう艶めかしいふくらみ。黒いブラジャーに、ムリヤリ押し込められた乳肉が、ぴかぴかと光沢を帯びて深い谷間をなしている。

「こんな下着を付けるのは久しぶりだから、恥ずかしい……」

繊細なレースに縁どられた黒い下着は、瑞穂の勝負下着なのだろう。金糸銀糸の瀟《しょう》洒《しゃ》な刺繍が、白い乳肌の美しさをさらに引き立てている。

「綺麗ですよ。肌の美しさが際立っている。ああ、それに、とってもエロいです！」

「いやん。エロいだなんて、辱《はずかし》めの言葉です」

実際、今にもブラカップからこぼれ出しそうなふくらみは、公平の理性を粉々に打ち砕いてしまうほど魅力に溢れている。

我慢できず、魅惑の谷間に誘われるように顔を近づけた。

甘いバニラのような匂いに柑橘系の酸味を一滴《いってき》だけ加えたような扇情的な香りが、ふわりと鼻腔をくすぐる。公平は唇を突きだして、胸の谷間に口づけをした。

「……んんっ、うふぅ」

舌でそっとねぶると、瑞穂の唇から湿った吐息が漏れる。すかさず、ぺろぺろと胸の谷間に舌を這わせながら、再び右手を裸の背中に滑らせる。即座に、きめ細かく滑らかな背筋がピクンと震えた。

「ああ、公平さん、私のブラジャーを外してしまうおつもりなのね」

恥じらいを滲ませながらも、瑞穂は従順に身を任せてくれている。

それをいいことに左手も未亡人の背中に運び、ブラのホックを外しにかかる。

散々、詩乃のレクチャーで経験を積んだお陰もあり、苦もなくプッと小さな擦過音を立てることに成功した。刹那にブラジャーのゴムが撓《たわ》んでいく。

「あん……っ」

公平の目前で、美しいまろみがブラカップを載せたまま揺蕩《たゆた》うように揺れている。

まるで厳《おごそ》かな儀式を執り行うかの如く無言のまま公平は、絹肩にかかったままのストラップを指先で摘まみ、そっと細腕に沿ってずらした。

「ああっ……」

はらりとブラカップが落ちると、反射的に細腕が胸元を覆いかける。けれど、腕は半ばで留まり、おずおずと引きさがった。

見え隠れする未亡人の恥じらいと覚悟が、公平の胸にさらなる感動を呼んだ。

「き、きれいだぁ……。瑞穂さんのおっぱい……本当にきれいだ」

ブラジャーの支えを失い、わずかに下方に垂れ下がり、左右にも少し流れ出した乳房。けれど、それはごくわずかな変化であり、だらしなく崩れたわけではない。むしろ、それが生々しくも扇情的に感じさせる。

アラフォーにもかかわらず、ハリを失わぬぴっちりとした肌が、それを実現しているのだろう。

いわゆるサイドセット型と呼ばれる外向きの乳房。小振りの乳暈《にゅううん》が薄紅の円を描き、乳首も控えめにひっそりと佇んでいる。

「瑞穂さんって、おっぱいまでが上品なのですね。本当に、きれいです……」

シティホテルの静かな部屋に、公平の呆けた声が溶けていく。もっと上手く褒めたいが、ほとんど頭が働かない状態で、月並みな言葉しか出てこない。

「ああ、イヤです。そんなに見つめられたら、もっとおっぱいが大きくなってしまいそう……」

男の激情に直接訴えるような魔性の膨らみに、見ているだけで射精しそうになるほど興奮させられている。けれど、ヤバいと判っていても見つめずにはいられない。

するとどうだろう。未亡人の言葉そのままに、乳首が美しい円筒形にそそり勃っていくではないか。

「えっ！　うわあああっ。瑞穂さん？　どんどん乳首が勃起していきますよ!!　もしかして見られて興奮しているのですか？」

まるで羽化する蝶を観察するように、公平は目を皿にして純ピンクの乳頭を見つめた。

「そうです……。私、公平さんの熱い視線に興奮しているのです……。ねえ、そんなに見つめてばかりいないで、早く、私の肌に触れてくださいっ！」

再び女体をベッドに横たえ、淫らに公平を誘う未亡人。自らの言葉にも興奮を煽られたのか、ムリムリッと乳首が尖りを増していく。ついには、乳輪ごとコーン状に突き出し、可憐であったはずの突起は、ここを触ってとねだるかのように、その存在感を大きくしている。

その凄まじい女体美に見惚《みと》れながら公平は、瑞穂の下腹部へ移動した。

「えっ！　こ、公平さん……？」

いま乳房に触れてしまえば、その魅力に溺れ、そこから離れられなくなってしまうのは必定。ならば、先に公平にはやっておかなければならないことがある。

ひとまずは、このゴージャスボディを絶頂まで導くことが使命なのだ。

戸惑いの色を浮かべる未亡人を他所《よそ》に、公平は未だ下腹部にまとわりつくワンピースを剝き取ると、その太ももを大きくくつろげさせ、瑞穂の股間に手を這わせた。

5

「あっ！　あはぁぁぁ、そ、そこは……っ！」

公平は乳房に見惚れていただけに、いきなり下腹部に攻め込まれるなど予想もしていなかったのだろう。

濡れた瞳が大きく見開かれ、狼狽の声をあげている。ブラジャーと同色の下着がたっぷりと蜜液で濡れていたからこその反応だ。

美熟女は黒の網タイツも履いていたが、足を美しく飾るばかりのその大きな網目では、パンティをまるで隠せていない。

「瑞穂さんのここ、こんなにぐしょ濡れになって……」

まるでお漏らしのような濡れように、思わず公平は真顔で聞いたほどだ。

「これって、おしっこじゃありませんよね？　全部、瑞穂さんのマン汁ですよね？」

その質問は未亡人の羞恥を煽るはずのモノだった。実際、瑞穂は、美貌を茹《ゆ》でられたかのように真っ赤に染めている。

「そ、そうです。瑞穂、浅ましくおま×こを濡らしていますっ！　だって、初対面の男性とこんなことをしているのですもの……」

狼狽の色をもっと深めるものと思っていたが、さすが未亡人は大人の開き直りを見せる。それならばと、公平は更なる心理的動揺を誘うため、漆黒のパンティの上からぐちょぐちょになった合わせ目に指を這わせた。

「ひぅんっ！　っくぅ……‼」

艶めいた呻きが漏れ、慌てたように唇をつぐむ美熟女。明らかに快感に襲われたことは、女体のヒクつきですぐに分かった。

「判りやすっ！　瑞穂さんは敏感なのですね。触れられるのが気持ちいいんだって、すぐに判ってしまいますよ」

フェザータッチを心掛けているのに、たったそれだけで女体が息みかえり、ぶるぶるとわななないている。

反応のよさに公平は、ここぞとばかりに濡れシミを弄《いじ》りまわす。力加減を調整したり、指の角度を変えてみたり、なぞる箇所を微妙に変えたりと、瑞穂に予想がつかぬよう様々に変化をつけて官能を呼び起こしていく。

「つく……。ふぅ、あうぅっ……はぁ……あっ、あん……」

未亡人の美貌が悦楽に歪んだのは、パンティの濡れシミを人差し指から薬指までの三本で覆い、揉み込むようにして擦りつけた時だった。

「おま×こを揉まれるのが気持ちいいのですね……。強さはこれくらいですか？」

しっかりと反応を確かめながら丁寧に愛撫を重ねる。やさしく労わるような慰めを心掛ける公平に、徐々に美熟女の乱れ具合も度を増していく。

女体を震わせる頻度《ひんど》が増え、切なげに細腰をキュッと捩ったり、美脚を尺取り虫のように伸び縮みさせたりと、悩ましい嬌態を見せはじめるのだ。

「くぅぅぅっ！　あぁん、あっ、あぁぁぁ……」

とてもじっとなどしていられない様子の未亡人に、もう少し強く愛撫してもよい頃合いと見定め、下着の内側で陰唇が捩れるくらいに揉み上げてやる。途端に瑞穂は、白い背筋をぐぐっと迫《せ》り上げ、蜜腰を妖しくのたうたせた。

ハァハァと、荒い吐息を漏らしはじめた美熟女に、公平は甘く囁いた。

「まさか、もうイキそうなのですか？　瑞穂さん、アクメが迫っているのですね？」

トロンと潤みきった瞳が、その問いかけにハッとした様子を見せる。女陰を少し弄られたくらいで絶頂しそうな自分に、戸惑っているのだ。それは未亡人の貞淑であり、年上のおんなの矜持《きょうじ》なのかもしれない。けれど、それも束《つか》の間《ま》、公平がさらに手指を蠢かせると、蕩けそうな眼差しが焦点《しょうてん》を失い色っぽく彷徨うのだ。

「瑞穂さんが、イキたいのならイカせてあげますよ」

美貌の未亡人に種付けするばかりではなく、メロメロになるほどの快楽を与えることが公平の任務だ。

『ただ義務的に種付けをするのではなく、できる限り女性に歓びを与えて欲しいの』

そう詩乃からも、注文を付けられている。

ウソか真《まこと》か、大きな歓びを得られたセックスの方が、よりおんなは妊娠しやすくなるのだそうだ。

「それに歓びが大きな方が、第二子を望む女性も増えるでしょう？」

詩乃の理屈が正しいのか、公平にはよく判らないが、純粋に目の前の未亡人におんなの歓びを与えたいと切実に思っている。

「瑞穂さんのクリトリス、ここですよね？　下着の上からでもここがコチコチになっているのが判ります」

実は、先ほどからすでに、その肉芽の在りかには気づいていた。指の付け根がその辺りに擦れるたび、未亡人の反応が変わるからだ。

「あぁ、だめですっ。いまそこを触るのはダメぇぇぇぇぇっ！」

一回り以上も年上のおんなが、女体の底から湧き出したような声で呻いた。

彼女にもクリトリスを勃起させている自覚があるのだろう。

公平は瑞穂が夫を喪《うしな》ってどれくらいの月日が経つのか知らない。けれど、長らく喪に服して禁欲に勤めていたのであろうことは想像がついた。

おんな盛りの女体をムリヤリに寝かしつけてきたからこそ、自分でも気づかぬうちに肉体に欲求不満を溜め込んでいるのだ。

しかも、どんなに清らかな精神の持ち主であっても、どれほど気丈《きじょう》であろうとも、その器官にはおんなの業《ごう》が凝縮されている。貞淑な未亡人といえども、女体の中で唯一、悦楽を味わうためだけについている器官を弄ばれて、官能をやり過ごすことなどできようはずもないのだ。

「軽く触れられただけで感じてしまう瑞穂さんのクリトリス、コロコロしてあげますね。本当は、もっと早くこうして欲しかったのですよね？　焦らしてしまって、すみません……」

やさしく囁いた言葉の通り、中指の先で、硬く強張った小さな突起の先端をコロコロと転がしてやる。

「いや、いや、いやっ……。そこはダメですっ。そこはダメぇぇぇぇ～～っ！」

刹那に、びくびくんと熟腰が痙攣し、太ももがぶるぶるぶるとさんざめく。どこよりも敏感な場所を擦られた女体がビーンと突っ張った。まるで公平の指先にクリトリスを押し付けるように細腰を持ち上げ「んひぃぃぃぃっ！」と牝啼きまで披露《ひろう》している。

「すごい。すごい。瑞穂さんが、いやらしく感じまくっている……。なんてエロい姿でしょう！」

パンティの布地が最早濡れジミどころでは済まなくなり、ムンと甘い湯気すら立ち昇らせて牝汁を染み出させている。

「あぁあっ。もうこんなにグショグショ。エッチな汁が染み出しています！」

「ああん、言わないでください……。瑞穂ダメなの……あぁダメなの……」

しきりに濡れジミをなぞる指先がダメなのか、クリトリスを弄りまわされるのがダメなのか、どちらにしても最早止められるはずがない。未亡人も口ではイヤと言いながら、その実、女体を甘く痺れさせ、蕩ける愉悦にのたうたせている。

ついには「きゃぅぅぅぅっ！」と甲高い呻きをあげて仰け反った。

「どうしましたか？　もしかして剝けちゃいました？　クリトリスの包皮がパンティに擦れて剝けちゃったのですね」

瑞穂のあまりの乱れぶりに、肉芽が包皮から顔を覗《のぞ》かせ、敏感な肉芯さえもが擦れているのだと想像した。それは公平の勝手な妄想かもしれないが、そう想像させるほど美熟女が感じまくっているのは確かだ。

「んふぅ……っく……うぅうっ……。あっ、あっ、あぁっ！」

絶息するように息み、押し寄せる快感をやり過ごす未亡人。悩ましい声を憚る余裕もないらしい。それでもなお、苦しい息の下、絶頂を堪えようとする瑞穂に、公平はついにその薄布を剝き取りにかかった。

細腰に両手をあてがい、黒い下着のゴム部分に指をくぐらせた。もちろん、黒の網タイツも一緒にずり下げるつもりだ。

「ああ、瑞穂の酷く濡れたおま×こを見られてしまう……っ！」

さすがに美熟女は、そんな羞恥には耐えられないと弱々しく首を振る。むろん、種付けが目的なのだから、いずれ脱がされることは重々承知のはずなのだが、おんなの恥じらいを捨てきれずにいるのだろう。

そんな未亡人にはお構いなしに、公平は一気に薄布を剝き下ろすと、まじまじと瑞穂の縦渠《たてみぞ》を覗き込んだ。

「ああ、そんな近くで見ないでください……」

美貌を力なく振りながら美熟女が哀願する。まるで生娘《きむすめ》のように瑞穂が羞恥するのは、最早どうしようもないくらいにまでドロドロに溢れて、恥ずかしいなどというレベルを遥かに超えた女陰が晒されたからだ。

「ああ……。見ないでください……。あの人にも、ここまで間近では……」

瑞穂が口にした〝あの人〟とは、もちろん亡くなったご主人に相違ない。

つまりは、夫にさえ見せたことがないほどのぐしょ濡れ女陰が、公平の目の前に晒されているということだ。

「おおっ！　未亡人とは思えないほど、清楚で上品なおま×こです。綺麗なピンク色だし、容《かたち》も整っています……」

公平に指で膣口を開かれ、膣中まで暴かれ、品評を受けるのだから、瑞穂がいやいやと弱々しく首を振るのも当然だ。

(にしても、本当にこれが熟女のおま×こだろうか。全く使い込まれてないし！)

あまりの美しさに衝撃を覚えながら公平は、ぐいっと美熟女の両膝を大きく割り開き、無防備となった股座に頭を運んだ。

6

「瑞穂さんの綺麗なおま×こ、食べちゃいますね！」

そう告げた公平は、有無を言わせず口腔を運んだ。

近づけた途端、甘酸っぱい臭気が鼻腔をくすぐる。濃厚なフェロモンが入り交じる牝臭は、公平をうっとりとさせるばかりだ。

「あぁぁ、ダメですっ！　食べちゃうなんて。あっ！　ああん、公平さぁん……っ!!」

ダメと咎める声は、けれど、どこまでも甘く、閉じようとする太ももにも、拒む意志は感じられない。むしろ公平の両頬に、やわらかい内ももがあたり、気色いいことこの上ない。そのしっとりムッチリ感は、発酵したパン生地のよう。

鼻先に繊細な陰毛があたるのが、何ともくすぐったい。

「んっ、あっ……んんんんんんっ！」

公平は開き加減にした唇をべっとりと陰唇にあて、淫靡なキスを繰り返す。

ちゅちゅっと唇の先で突いては、もぐもぐと唇を蠢かせ、淫花唇にやさしく擦る。

「ううぅっ、んふぅ……んんっ、うふぅ……っくふぅ……」

瑞穂は、それが貴婦人としての慎みであるかのように懸命に唇を噤み、啼き声を漏らさぬようにしている。けれど、一番敏感な部分を啄むように口づけすると、唇からあらぬ声を漏らしている。

「んふぅ……ダメです。そんなところをお口でモグモグしないでください……。あはぁっ、舐めるのもいけませんんんんんっ！」

舌を伸ばし、べろべろと肉花びらを舐めまわす。舌先を尖らせ、つーっと表面に円を描くと、びくんと女体が痙攣した。

美熟女が息んだり吐息したりするのに合わせ、肉びらがひくひくと蠢いている。

「すごい！　おま×こからじゅくじゅくとお汁が湧きだしていますよ……。ああ、瑞穂さんのマン汁、塩辛いのに甘いのですね」

湧水のように滾々《こんこん》と溢れだす蜜液を舌で集めては喉奥へと流し込む。幾分、生臭さや酸味も感じられたが、それ以上に美味いと感じられた。

「んふぅん……んあっ、あっ、あぁ……。ほぉぅ……ぅほおおおぉっ。いやです。食べちゃいやぁ……ああ、公平さんに、おま×こ食べられちゃうぅ〜っ！」

あんぐりと口を開き縦幅5センチにも満たない淫裂を覆い、モグモグと顎を蠢かす。舌先では口腔内に巻き込んだ短い肉ビラを舐めくすぐり、美熟女の悦楽をあやす。

いやいやと左右に美貌を振りながらも、女体は艶めかしく震えていた。

「んんっ、っく……。あはん、あっ……。あああぁぁ〜〜っ！」

未亡人の扇情的な声に公平は心まで蕩かしながら、太ももに伝う愛液を追い、熱いキスを施《ほどこ》していく。

「おいしい！　凄くおいしいです。瑞穂さんのお汁！」

すぐに女陰に舞い戻ると、ぐいっと舌を伸ばし、二枚の花びらを舐《ねぶ》り、隘路への扉を容易《たやす》く切り開いた。ざらついた舌の感触に、股間が艶めかしくひくつく。

「ほうううぅっ……ダメぇっ！　あはぁんっ……ああんっ……あっ、あぁ……。恥ずかしいお汁を……そんなに美味しそうにいいぃっ！」

舌先で敏感な部分をくすぐりながら蜜を掬《すく》う公平。美熟女の太ももが、びくびくんと派手に反応するのが愉しい。

「ふぅー、ふぅー……きゃうううぅぅぅんっ！」

女陰を食《は》んだまま右手をクリトリスに伸ばし、小さな頭を撫でるようにあやした。途端に蜜腰が激しく蠢く。

「ぶふっ。み、瑞穂さん、凄いですっ。どんどん蜜が濃くなっていきますよ！」

はじめはさらさらしていた蜜汁が、粘度を増してハチミツの如くトロリと滴《したた》る。

「ほおぉっ、あぁ、ダメです……。もう、許してくださいっ」

舌を丸めさらに牝孔をくつろげ、中から滴る女蜜を舐め啜る。

「ああんっ、あっ、あはん！　もう舐めないでください。でないと瑞穂っ、あはぁ、もう溶けちゃいますうううぅ……っ！」

ピチャピチャと奏でられる水音に、未亡人の声も蕩けだす。官能に啜り啼きしながらも、甘えたような喘ぎを漏らしている。媚肉から押し寄せる淫らな悦びに堪えようもなく溺れているのだ。

「あはあああぁ、も、もうダメですっ。瑞穂、恥をかいてしまいそう……。あっ、あぁぁぁ～～っ」

むしろ、よくぞここまでと思うほど、未亡人はイキ我慢をしていたが、どうやらそれも終わりらしい。

その証拠にゴージャスな女体のあちこちが小刻みにヒクつき、断続的にビクビクビクンと派手な痙攣が起きている。その度《たび》に美しい眉間を歪ませては、紅唇を切なげにわななかせているのだ。

（ああ、イクんだ。この美しい未亡人が、僕のクンニでイッてしまうんだ……！）

予兆を読み取った公平は、さらに追い詰めるべく、丸めた舌肉を女陰の中に埋め込み、素早くピストンをはじめた。

「あひっ、ダメです。あぁ、そんな……。膣中《なか》を舐めるだなんて……。おおおおお……ダメ、ダメ、ダメぇっ、膣中《なか》を舐められてイクのなんてダメぇぇ～～っ！」

断続的に息継ぎしては、執拗に女陰を貪り尽くす。

おんなの芯からひときわ濃い愛蜜がどぷりと零れ落ち、公平の口の周りを濡らす。

（ああ、この白濁した本気汁を零したってことは、瑞穂さんが本イキする……！）

大波が押し寄せようとしている前兆を見つけ、公平は嬉々として舌の抜き挿しを繰り返した。

「あっ、そこは、いやっ……クリトリスはダメなの……あぁっ、あぐぅぅっ！」

舌であやすばかりではなく、指先で充血した肉芽を揉み込むように刺激する。

仰向けの女体に、それまで以上に派手な震えが起きた。美脚の爪先が、ぴーんと一直線に伸び切っている。

狙い通りの反応に気をよくし、今度は手と舌の位置を入れ替える。

口中に紅珠を含み、指先を膣中に送り込む。

「やぁんっ、ま、待って……ひぁあ……ク、クリは舐めないでぇっ……あはぁ、公平さんンっ……あっ、あんっ、あぁあああああああんっ」

中指を膣孔に挿し、浅瀬のポイントを探りながら、ちゅぅっと淫芽を吸いつける。

「んあぁ……。やぁぁぁぁっ……痺れちゃうぅ……。気持ちよすぎます……あぁ、瑞穂、イク……やああ、イクぅぅぅぅ〜〜っ！」

女体全体で喘ぐようにして唇をわななかせ、虚空に両手を伸ばす瑞穂。その肉体の反応はひどく淫靡だった。

唇の先に捉えた女核を軽くすり潰すように甘嚙みするたび、未亡人の女体に幾度も法悦の祝福が押し寄せるのが判る。

「ひうっ！」

最後に漏れたのは短い悲鳴。細腰が、ぐんっとベッドから持ち上がり、背筋をそのままブリッジさせる。白い肉体の至る所で、淫らな痙攣が起きている。セミロングの髪が千々に乱れ、艶冶な彩りを添えている。

本能的に子胤を望み、開かれていた美脚が公平の首に巻きつき、まるで女陰に顔を擦りつけさせるように足首を交叉させて引きつけてくる。

凄まじい絶頂の劫火《ごうか》に身を焼かれた美熟女は、ついにベッドに蜂腰を落とし、仰向けに女体を沈めて、その豊麗な乳房を激しく上下させた。

7

「まだまだ瑞穂さんのおま×こを舐めていたいけど、さすがにち×ぽが痺れて……。早く、瑞穂さんに種付けしたいと訴えているみたいです」

ビクッ、ビクッと余韻痙攣を繰り返す未亡人に、公平はそう囁きかけた。けれど、瑞穂は、ぼんやりと法悦境を彷徨うばかりで、なかなか現実の世界に戻ってこない。

焦れた公平は、未亡人の膝と膝の間に腰を割り込ませ、ヒクつくサーモンピンクに分身の裏筋を擦り付けていく。

「あうっ……！」

女陰に擦り付けられ、あらぬ声を漏らしても、もはや瑞穂には恥じらいさえ思い浮かばないらしい。それほど深い悦びに身も心も浸しているのだ。

「ねえ、瑞穂さんは、僕の子胤が欲しいのですよね？」

女体が気だるくも甘く痺れ、何もかもがどうでもよくなっているらしい。M字に美脚を折りたたまれ、ピンクのアヌスまで覗かせていてる。

いっそこのまま挿入してもいいのだが、公平としては同意が欲しい。「瑞穂のおま×こに、挿入してください」と、求めさせたいのだ。

むろん、瑞穂にとって公平は妊活の相手に過ぎない。ほぼ行きずりの関係であり、疑似恋愛のようでもあるが、未亡人は恋愛感情を求めていない。一方的に公平が、瑞穂にのめり込んでいるのだ。

正直、惚れっぽいとの自覚はあったが、一回り以上年上の未亡人に惚れるなど自分でも信じられない。それほど瑞穂が魅力的であることの裏返しなのだろうが、だからこそ、彼女にきちんと「挿入《い》れて欲しい」と言わせたいのだ。

「瑞穂さん……」

熱くその名を呼びながらそっと抱き締めると、女体が淫らにわなないた。

ジューンと蜜液を溢れさせ女体は準備を終えている。麗しのボディが、早く公平の男根が欲しいと訴えているのだ。

「抱いてください……。瑞穂のふしだらなおま×こに、公平さんのおち×ちんを挿入《い》れてください……」

ようやく言葉にしてくれた未亡人に、公平がこくりと頷き、その秘裂に先端を密着させる。

クチュクチュッと、淫靡な水音がホテルの部屋に響く。

肉塊を陰唇に擦り付けては、淑女に挿入の予兆を味わわせる。

「あん。焦らさずに来てください。そのままひと思いに瑞穂の膣中《なか》に……」

「うん。瑞穂さん。挿入《い》きますよ……！」

自らの手を添え正しい挿入角度に整えると、ゆっくりと腰を進める。

「あっ、あああああぁーーーっ!!」

悩殺の嬌声に心震わせながら、ぬぷっと肉の帳《とばり》をくぐらせる。

ずるん、ずるずるずるるっと亀頭部を奥へと運び、決定的なまでに牡牝の器官を結合させていく。

「あぁ、太いっ……！　はぐうううっ……。あ、熱いわ。おち×ちんってこんなに熱かったかしら……！」

野太いカリ首で、ビロードのような肉襞をこれでもかというほど引っかきながら、奥へ奥へと進んでいく。どこまでも熟れ切った肉畔であるだけに、公平の極太も驚くほどスムーズに受け入れてくれる。

それでいて膣孔は、強引に押し開かれる感覚が鮮明なのだろう。同時に、喉にまで突き抜けるかと思うほどの貫かれる感覚にも襲われているはずだ。

「ああ、ウソっ！　瑞穂のお腹が、いっぱいになる……。奥の奥まで届いてしまいそう！　ああ、そ、そんなに奥まで嵌められてしまうのですねっ」

狼狽する未亡人にも、公平は一度開始させた挿入を止めることはない。

密生する蜜襞を梳《くしけず》りながら、やわらかな肉筒をみっちりと怒張で充たしていく。

「きっつ……。瑞穂さんのおま×こ、想像以上にきついです。ものすごくトロトロでやわらかいのに、ものすごく締め付けてきて……ぐふぅっ！」

　どこまでもぬるぬるでふんわりとさえしてるのに、どうしてこんなに締め付けるのか不思議だ。具合がいいおま×ことは、瑞穂のような女陰を指すのだろう。

「んふぅ……す、凄いわ……。公平さんの、お、大っきい……まだ、続くのですか？」

　詩乃仕込みのゆったりとした挿入で、受け入れる未亡人をたまらなくさせる。蜜肉を掻き分けられる感覚がいつまでも続くのを、唇を噛んで堪えるほかないのだ。

「ん、んふぅっ……んんっ、はうぅっ！」

　美熟女は、その経験からか少しずつ吐息を漏らしては膣肉を緩め、狂おしいまでの異物感をやり過ごそうとしている。蜜口をパツパツに拡げられ、肉壁がミリミリッと音を立てて破れそうなほど充溢させられるのを、その比類なき柔軟性で受け止めているのだ。

「瑞穂さん。大丈夫ですか？　苦しそうですね……？」

　眉間に深い皺を寄せ苦悶の表情を浮かべる未亡人を、公平は心配顔で覗き込んだ。自らの逸物が瑞穂を苦しめていると判っていても、訊かずにはいられない。たとえ「痛い！」と訴えられても、この挿入を諦められないのにだ。

そんな公平に、健気にも瑞穂が首を振った。

「大丈夫。苦しいけれど痛くはないから……。男の人を受け入れるのも、久しぶりだから余計に……。だから、続けてください」

「そう……？　じゃあ、続けますよ！　瑞穂さん。愛しています！」

甘い言葉を添えることを忘れない公平に、未亡人の心臓はまたしてもキュンと高鳴ったらしい。お陰で、女陰の締め付けがさらに増した。

あまりの心地よさに公平は、瑞穂の唇を求める。熱いキスを交わしたままさらに腰を突き出し、ついにはみっちりと恥骨同士を密着させるのだった。

「す、すごくいいっ。ああ、おま×こに漬け込んでいるだけで、最高に気持ちいいです！　それに抱かれている時の瑞穂さん、ただでさえ美しい貌《かお》が、酷く色っぽくて、ヤバいくらい綺麗です！」

年上のおんなだからこそ、それが公平の心からの言葉だと、酌《く》むことができるのだろう。おんなの矜持を刺激された上に、瑞穂にも公平の胸アツが伝染したようで、多幸感に蕩けた表情を浮かべている。

「やぁん、そんなに甘く囁かないで……。瑞穂、蕩けちゃうじゃない！」

ついに未亡人の口調が砕けた。男と女の関係をしっかりと認めたのだろう。それがうれしくて公平は、ほぼ根元まで埋め込んだ肉塊を、密着したさらにそこからズンと奥を突き上げた。

「きゃうううううううううぅぅっ！」

ゼロ距離からの直撃を受けた美熟女が艶めかしく呻いた。

目から火が飛ぶどころか、頭の中に色彩豊かな花火が何発も打ち上げられたはず。

初期絶頂と片付けられない大きな昂ぶりが瑞穂の肉体を攫《さら》ったのだ。

「おぉっ。み、瑞穂さんのおま×こが、くぅぅっ。食い締めてきます！」

絶頂した女陰が、ぎっちりと肉棒を締め付けながら淫らに蠕動している。その蠢きは肉幹を舐めしゃぶり、くすぐり、あやすかのよう。牝の本能が牡肉の崩壊を促すように、はしたなくもさんざめくのだ。

「ああん。公平さん、凄いのね。おち×ちん、びくともしない……。瑞穂がどんなに締め付けてもダメなのね。憎らしいわ」

凄まじい官能をそれでも堪える公平に、未亡人は半ば感心した表情を浮かべている。

これまでに瑞穂が知る男たちは、ほぼ確実にここで果てていたのだろう。

「涼しい顔をして、また瑞穂に恥をかかせるつもりなのでしょう……？　瑞穂を身も心も公平さんのおんなにしたいのよね……」

清楚な美貌が、可愛らしくも悔しそうに詰《なじ》ってくる。

「涼しい顔だなんて、そんなことありません。瑞穂さんのおま×こ、物凄く気持ちいいです。やわらかくって、ぬるぬるしていて、もちろん締め付けも凄くて……。実はやせ我慢しているだけです。どうしても瑞穂さんを中イキさせたいから」

うっとりとした表情で囁くと、未亡人はイヤイヤと美貌を左右に振った。顔から火が出るほど恥ずかしいのだろう。なのに、褒められるとうれしくて仕方がないようだ。肉体もそう感じているらしく、おんな盛りの完熟肉鞘《にくざや》は、うねくる複雑な構造を見せつけるかのように蠕動してはまとわりつき、むぎゅりと締め付けては公平の分身を抱きすくめる。

「ああん。どうしましょう。瑞穂のおま×こが、公平さんが好きだと、わなないているわ……」

肉柱から込み上げる甘い愉悦をやり過ごそうと、公平は首を亀のように伸ばし、乳首を吸い上げては、手指でクリトリスを摘まみ転がしている。

何が何でも未亡人を膣イキさせるつもりだ。

「ふううぅん。はぁあっ。ハア、ハア、ハァ……」

淑女の艶めいた呻きには、確かに絶頂が兆している。瞑《つむ》られた瞼《まぶた》がぴくぴくと蠢くのは、その裏側に雷光が瞬いているに違いない。

「あぁ！　ダメぇ、ダメなの……。おっぱいとクリトリス敏感過ぎるの……。くふぅうっ……ゆ、許してぇっ！」

美熟女を官能の坩堝に墜《お》としたい公平だから、瑞穂が淫らな反応を示せば示すほど、嵩《かさ》にかかって責めかかる。ちゅっぱちゅっぱと乳首を舐めしゃぶっては、敏感な肉芯を指先に弄んでいく。

「あはぁっ！　もう我慢できない……瑞穂イキますっ……」

凄まじい官能が背筋を駆け抜け、アクメの予兆が甘く女体を蠢かす。

「ひぐっ！　んんんんんんんんんっ……!!」

絶妙のタイミングで、公平が乳頭を甘噛みすると、瞬くうちに達してしまう。軽くではあったようだが、次々に兆す自らの肉体の異変に、さすがの未亡人も狼狽の色を隠せずにいる。

マルチプルオーガズム――短い感覚で連続する絶頂は、その快感が、あちこちの皮膚の下にどんどん蓄積されていくようで、イク回数に比例して気持ちのよさも増幅するらしい。

「くっうううっ……。こ、こんなにイキっぱなしになるなんて、恥ずかしすぎ……あああああぁっ、んふぅ〜っ！」

淑女らしい羞恥を口にする未亡人の女核を指でクニクニと揺さぶってやる。恥ずかしささえ忘れるほどの官能に瑞穂を追い込むつもりだ。

「あはああああぁっ……。ダメぇぇっ！　こんなの切なすぎるぅぅ〜〜っ！」

爪先から髪の先まで痺れるような快感がずっと続いているのだろう。上品な美貌が官能に蕩け、淫らに歪んでいる。

「切ないってどんな感じですか？　気持ちいいの？　それとも、もどかしいの？」

訊ねたものの、瑞穂の切なさの正体を公平は知っている。短い感覚で軽い絶頂が幾度も押し寄せていながら、沖合で力を溜めている巨大な絶頂波がいつまで経っても押し寄せてくれないもどかしさだ。

ただひたすら硬くて太い肉棒を咥え込まされていることが、どんどんもどかしくなり、未亡人は女陰を火照らせているのだ。

「切ないのは、ずっと動かしてくれないから……。瑞穂は熱く、太いおち×ちんを動かして欲しいのぉぉぉ……」

ついに淑女の美唇が律動までおねだりしてくれた。自らのふしだらさを恥じ入る気持ちもあるのか、美貌がさらに紅潮している。それがまた扇情的で牡の矜持をたっぷりと刺激され、公平はさらにぐいっと未亡人を貫いた。

「ひううううぅっ！　う、ウソっ!!　ま、まだ大きくなれるなんて……！」

公平の肉塊が一回りその大きさを増したことに、瑞穂が白目を剝いて呻いた。

狼狽する未亡人に公平は、再びズンと突き挿《い》れる。けれど、またすぐにピタリと律動を止め、瑞穂を懊悩させるのだ。

「いやぁ！　う、動かしてっ……。お願いだからもう焦らしたりしないでっ!!」

裸身を扇情的に身悶えさせながら美熟女が抱き着いてくる。細い腕が首筋に巻き付き、しなやかな美脚が胴に巻き付いては、腰裏で足首を絡ませてくる。

上品な貴婦人が、身も世もなくその牝性《ひんせい》を露わにしたのだ。

よほど、公平と瑞穂は、カラダの相性がいいのだろう。

火口に先端を穿《うが》ち、互いの恥骨を密着させた瞬間から、触れ合う粘膜同士の境界があいまいになっている。凄まじいまでの合一感に充たされているのだ。

「ああ、瑞穂さん。なんてエロカワイイ貌をするのですか？　もうイキそうなのですね……。僕ももうそれほど持たないようです。でも、任せてください。まだまだ瑞穂さんをイカせてあげますから！」

女体をみっしりと密着させている美熟女の唇に、再び激しくむしゃぶりついた公平。

昂り切った二人の魂は、そのまま肉体を離れていきそうな勢いだ。それでいて生身の肉体は切実に律動を求めている。先に動いたのは瑞穂だった。恐らくは、耐え切れず無意識のうちに腰を蠢かせたのだろう。

　しかも、一度動いたが最後、勝手に蜂腰がクネクネと動いてしまい止められなくなっている。

「あああああああああぁぁっ！」

　淫らな喜悦の声を、ふたり同時にあげた。絶望的なまでのカラダの相性のよさが証明されたのだ。

　互いの腰が、もう何十年も連れ添った夫婦のように息もぴったりに抽送される。

「ああ、セックスってこんなに凄いモノだったかしら……。公平さんの意地悪っ！　こんなセックスを知っちゃった瑞穂は、もうあなたと離れられない……！」

　見開かれた大きな瞳が如実にそう訴えている。それもそのはず。ゆったりとした抜き挿しだけでも、凄まじい悦びが四肢を貫くのだ。

　ぢゅるぢゅるぢゅるっと引き抜くと、瑞穂の美貌はその喪失感に泣き出してしまいそうに崩れる。恐らくは、自分も同じような顔をしているのに違いない。それほどまでに瑞穂とのセックスは凄い。

公平は、奥歯をきつく噛み縛って小刻みな出し挿《い》れを繰り返した。

「うううぅっ……ひうっ！　あっ、あぁ……。公平さんのおち×ちん、カリ首が太すぎてお腹のなか、掻き出されちゃうっ！」

反転、至近距離からグイッと腰を押し込むと、白い女体が艶めいた純ピンクに紅潮していく。

「はうぅぅっ……。お、奥をグイグイ突かれてるっ……。ああ、ダメよっ、来ちゃうの……おぉ、お、大っきいのが来ちゃうの！　ほおおおおぉぉ……っ！」

びくびくんと派手に女体を痙攣させ、ついに美熟女があられもなく最絶頂にイキまくる。

「イク、イク、イクぅぅっ！　あはぁ、次から次に大きいのが来ちゃうのぉぉ!!」

浅ましいまでに悦楽に溺れながらも、貴婦人らしい気品は失われていない。むしろ、淫らにイキ乱れるほど、その美しさに磨きがかかっていくようだ。

「綺麗ですよ。瑞穂さん。綺麗って言葉が陳腐に感じるほど、瑞穂さんはエロ美しいです！」

瑞穂が自らのおんなとなった実感を得て、興奮を露わにした公平はいよいよ腰つきを加速させる。

「あっ、あっ、あっ……。瑞穂、こんなに乱れるのはじめて……。イクのが止まらないの……。気持ちよすぎて狂っちゃうわ」

膣肉を掘り返される甘美さにすすり泣きながら、美熟女はより高みへと打ち上げられていく。

ヒップがブルブルッと震えだしたかと思うと、しとどに蜜がジューンと迸《ほとばし》る。あり得ないほど高く強烈なアクメの津波に女体を攫われたらしい。

「イクぅううううううう！　ほおおおぉ、またイクぅぅっ！　あはぁん、しあわせすぎてイクの止まらないのぉぉぉ……っ！」

暴力的なまでに凄まじいエクスタシーに溺れながら瑞穂が、公平の首筋にむしゃぶりついて口づけをねだった。

「ふあぁあっ……み、瑞穂に口づけを。熱いキスをください」

蜜に漬け込んだ白桃よりも甘い声で、花よりも華《はな》やかな表情を浮かべて瑞穂がおねだりしてくれている。愛らしくも妖艶におんなを乱れ咲かせ、未亡人になってから初めて自ら求めてくれたのだろう。

「瑞穂さん……」

愛《いと》しいその名を呼び、この時ばかりは抜き挿しも止めて、やさしく公平は頷いた。

見つめ合う二人に訪れた一瞬の静寂《せいじゃく》。二人の瞳の奥には、互いへの狂おしい愛が瞬いている。たとえそれが疑似恋愛であろうとも、今この瞬間に世界が終わりを告げても、まるで後悔がないほどの多幸感に包まれている。

公平の獣欲にギラついた表情が、ゆっくりと瑞穂の美貌に近づいた。唇が触れ合うと、バチンとショートする音が双方の脳裏に響いた。とどめとばかりにゼロ距離で公平は肉柱を打ち付ける。

ゴリンと子宮口と鈴口がディープキスを果たし、刹那に二人は絶頂を迎えた。

「きゃぁっ！　おおんっ!!　おほおおおおおぉ〜〜っ！　イッてるわ。瑞穂イッてるのぉ〜〜っ！　イク、イク、イクっ、まだイグぅう〜〜っ!!」

嵐の如き絶頂の大波を全身に受け、女体を激しく痙攣させて淫らな牝啼きを甲高く晒す瑞穂。牝の本能が受胎を求め、肉柱をキューーッと締め付けてくる。愛しい牡の子胤を吸い出そうと、膣肉を激しく蠢動《しゅんどう》させている。

「くぅうっ！　瑞穂さん。もうダメです!!　射精《イ》きますっ。射精《で》るーーっ！」

込み上げる快感に歯を食いしばっていた公平も道づれに、美熟女の絶頂は止まらない。

それでも拡張された媚肉の奥で、公平の分身が爆《は》ぜるのを知覚してはいるようだ。

「はぁん……。公平さんが、射精《イ》ってる……。瑞穂の子宮にいっぱい子胤を浴びせてくれている……。ああ、しあわせよ。公平さんの赤ちゃんを孕ませてもらえる瑞穂は、しあわせぇ～～っ！」

感極まったような声で啼き啜る未亡人。その抱き心地のいい女体をみっしりと抱きすくめながら公平は、二度目三度目の射精発作を繰り返した。

「ぐぅううううっ……。うぐっ！　ぐふっ!!　おうぅぅっ！」

膣奥に亀頭部を嵌めたまま、ため込んだ数億個の精子を次から次に注《そそ》ぎ込む。

「瑞穂さん。ああ、なんて、いいんだ。おま×こ、よすぎて射精が止まらない！」

ようやく、やせ我慢から解放された公平の表情は蕩けきっている。その満足そうな貌に瑞穂もおんなの矜持を満たされたかのような表情でうっとりと蕩けている。

「あぁ、凄いのね、公平さん。まだ射精、終わらない……」

「それだけ瑞穂さんとのセックスで、興奮した証拠です」

この凄い量が、全て瑞穂への愛の量なのだと公平は甘く伝えた。

「あはぁ、そんなうれしいこと囁かないで……。うれし過ぎて瑞穂、またイッてしまうわ！」

おんなとして味わえる最上級の悦びに瑞穂は包まれている。

いつまでも覚めることのない絶頂に溺れながら美牝未亡人は、その胎内で魚のように泳ぎ回る子胤を一滴たりとも残さずにグビリグビリと子宮で呑み干している。

その満足そうな子宮の蠢動を、公平は萎えゆく肉棒で感じていた。

第二章　堕ちるキャリア美女

1

「瑞穂さんがきちんと孕《はら》むまでが、僕の仕事ですから」

そう嘯《うそぶ》きながら、公平は未亡人と三日三晩睦《むつ》み合っていた。三十八歳の熟れた女体を散々に味わいつくし、中出しに中出しを重ねている。

それも最初にチェックインしたホテルを一度も引き払うことなく、しかも一度たりとも外出さえせずに、ずっと交わり続けているのだ。

「あはぁ……ハァ、ハァ……ねえ、少しは休ませて。瑞穂は、公平さんほど若くないの」

「いいえ。それはムリです。ひと時だって瑞穂さんのカラダから離れられません。瑞穂さんだって、僕のち×ぽから離れられないと言っていたでしょう……」

　秋の夜長はおろか、日中でも憚ることなく、ずっとふたりは裸のまま蜜月を仮初《かりそ》めの愛の巣で過ごしている。

　挙句、今が昼なのか夜なのかも判らなくなるほど。それでも公平は、瑞穂の肉体に飽きるどころか抱くたびに欲情が増し、その言葉通り離れることができずにいる。

「ほら、この体位ならさっきまでより長く瑞穂さんの膣中《なか》に埋めていられますよ。熟女の瑞穂さんなら、こんな体位も知っているでしょう？」

　瑞穂は小さな頭をダブルベッドの手前側――本来であれば足を置く位置――に顔を突っ伏し、美脚をまっすぐに伸ばした背後から公平が馬乗りになって貫いている。

　ハァ、ハァ、と熱い吐息を漏らす美熟女の優美なメビウスの輪を結ぶようなゴージャス女体が、蜜のような甘い匂いを立ち昇らせて濡れ蠢いている。

「あぁん……。し、知らないわ。あの人にだって、こんな淫らな体位で抱かれたりしていない……。ああ、でも、いいわ。公平さんのおち×ちんが、瑞穂のおま×こに刺さっているのが知覚できるの……」

　瑞穂が持ち合わせていたはずの高貴な理性や貞操観念、倫理観はとうに溶け崩れ跡形もなくなっている。もはや貞淑な未亡人であった姿は、過去のものなのだ。

にもかかわらず瑞穂の美しさや上品さは少しも損なわれないから不思議だ。

「あん、あっ、あぁっ……。公平さん、ダメなの……。そ、そこは瑞穂の弱い所なの……。いやぁ、感じるっ。感じちゃうぅぅ～～っ！」

いわゆる寝バックの体位で、背後から媚牝未亡人の浅瀬のポイントを巧みに擦りつけていく。寝バックなどとふしだらな体位で獣のように繋がりあっていることが、より被虐的《ひぎやくてき》な官能を美淑女に呼ぶらしい。

「ああ、なんて、破廉恥なの……。なのに、どうしてこんなに感じてしまうの」

カーテンの隙間から入り込む弱々しい光に、一糸まとわぬ全裸が眩いまでにヌメ光る。その肌を流れる汗は、ようやく冬の気配が兆しはじめたこの季節には、そぐわないほど。オイルを塗ったゆで卵の如くヌラヌラと全身を艶めかしくぬらつかせ、乱れた漆黒の髪を妖艶なまでにべったりと美貌に張り付かせている。

浅黒く筋肉質の公平に組み敷かれているから、その白さがさらに際立ち、生々しいコントラストが網膜に焼き付く。

「あぁっ、そこよ……。そこが感じるの……。いいわ。気持ちいいっ。ねえ、公平さん、気持ちいいっ！」

牡獣は引き締まったその腰を、ゆさゆさと短いストロークで蠢かせている。浅瀬で戯れ、美牝のＧスポットにしこたま擦り付けているのだ。

長く逞しい腕を背後から巻き付け、切なくわななかされている未亡人。けれど、その啼き声は、妖しいまでにおんなの声であり、若い牡獣を興奮させるには十分な響きを持っている。

（まさか、こんなに瑞穂さんが牝啼きしてくれるなんて……）

公平は半ば愕然としながらも、官能に持ち上げられた貴婦人の牝貌に見入った。正確には、真正面の壁に貼られた鏡の中の艶顔を覗き見ている。

艶々の頬を真っ赤に上気させ、くっきりとした二重《ふたえ》に彩られた大きな眼は潤み蕩け、黒水晶の如き煌《きら》めく瞳は悩ましく焦点を失っている。

しっとりとした唇は、絶えず半開きに、いかにもふっくらとやわらかそうに薄紅に染まっていた。

（ああ、なんていやらしい貌をしているんだ。未亡人の癖に、そんな貌をしちゃだめじゃないですか……）

肉棒を漬け込んでいる公平が切なく溜息をつきそうになるくらいの妖艶さ。ドキッと胸が疼くのに呼応して、膣胴の中、勃起が雄々しく嘶《いなな》いた。

「瑞穂さん……。愛していますよ」

本音を囁きながら公平は、美熟女の首筋からうなじ、背中へと絶えず唇を這わせていく。同時に、小刻みな抜き挿しを絶え間なく送っている。両手を女体とベッドの間に挿し込み、豊満な乳房を鷲摑みに揉み回している。

淑女の玉のように磨かれた美肌ややわらかいお尻に、腹や肉棒の付け根が当たる感触に、瑞穂同様に蕩け崩れている公平の貌が鏡の中に映っている。

「あんっ、あんっ、あぁ……っ！」

貴婦人のよがり声が、より切羽詰まったものとなった。艶めかしくも辛そうに、眉間に皺を寄せながら美熟女は、イキ極めようとしているのだ。

公平が覗き見ているとも知らず、あられもなく奔放に牝貌を露わにしている。

公平の指先や唇が、細い首、薄い肩、繊細な背中と、順になぞるたび、つま先までぴんと真っ直ぐに足を伸ばし、ビクンビクンと快感痙攣に打ち震えている。

「ああ、瑞穂さんっ。いいよ。すごく気持ちいいっ！　僕のち×ぽをたまらなく締め付けてくる。おま×この中、ドロドロヌルヌルなのに、やばいくらい擦れるよ!!」

女陰を窘めそやすたび、未亡人の膣肉がキュンキュンとのたうつ。

「んっ、んっ、ダメっ、公平さん、瑞穂来ちゃう！　そんな風にされたら、瑞穂、またイッちゃうのっ!!」

甲高く啼く美熟女の全身を公平は手でも口でも、愛しげに嬲《なぶ》っていく。

背中、お腹といった面積の広い箇所から腰部やお尻、さらには腕や手の甲といった狭い箇所までやさしく撫でては、掌の窪みを女体にぴったりと密着させ、ゆったりと大きく円を描いていくのだ。

「おうん……。触れられたところから肌が火照る……。お、おち×ちんが瑞穂のスケベなスイッチにあたっているから……。あんんっ、き、気持ちいいのが、また止まらないぃぃぃ……っ！」

公平には、的確に貴婦人のGスポットを切っ先で捉えている手応えがある。その状態で柔肌をなぞられると、未亡人がいま感じている通り、全身が性感帯と言えるくらいに燃え上がってしまうことになるのだ。

「公平さんが、上手すぎるから……。そんなにされたら、おんなが蕩けてしまうのも当然だわ」

堪らず瑞穂が、くッと唇を嚙みしめた。繊細な手つきにあやされて、もっと淫らな声を漏らしてしまいそうになったのだろう。

女体を艶やかなミルキーピンクに染め、タラタラと汗まみれにしているのもそのせいだ。

「瑞希さんの素肌が上等だから……。シルクみたいで触っている僕の掌が溶けそうです。でも、やっぱり一番触っていて気持ちがいいのは、このおっぱいだな……！」

言いながら公平は、またしても掌を女体とベッドの間に滑り込ませ、ゆったりと捏《こ》ねまわす。

「あっ！　ダメっ、瑞穂のおっぱい、敏感になり過ぎているのに……。あっ、あぁ」

もぞもぞと手指を蠢かせ、存分に乳膚を撫でまわしていく。ふしだらなまでにしこり切った乳首に、指先が触れるや、その敏感な先端を摘んで指の腹ですり潰す。ビクンと女体が震え「あんんんっ！」と呻きながら細腰が跳ねた。

「ああ、瑞穂さんのおっぱい堪りません。弾力といいやわらかさといい最高です。しかも、心持ち大きくなったような……。あんまり僕が揉み過ぎるせいですかね？」

途端に、鏡の中の美貌が真っ赤に染まった。ボンと、音を立てたのが聞こえたような気さえした。

美熟女にとってそれは、よほど恥ずかしい質問であったらしく、小さな頭がいやいやと左右に振られる。

三日三晩揉まれ続けて、ワンサイズも大きくなった乳房は、やわらかさも増してまるで追熟を重ねたようにも思える。

「あっ！　でも、まさか、この美しい容《かたち》が僕のせいで崩れたりはしませんよね？」

あながち冗談ではなく、公平としては、至って真面目な問いかけだった。

「もう。公平さんの意地悪！　おっぱいだけではないわ。瑞穂のカラダ全部が公平さん好みに変わっているの。おま×こまでが、公平さんのおち×ちんの容《かたち》に……」

なるほど、瑞穂の女体はどこもかしこもがさらに公平好みにアップデートされている。乳房のやわらかさや大きさはもちろん、特にその女陰は、完璧に公平の肉棒の容《かたち》を覚え込み、凹凸をぴったりと合わせてしっぽりと咥え込むから、真空状に吸い付くばかりでなく、密生した肉襞で絶え間なくくすぐり、そしてきつく喰い締め、微に入り細を穿ち牡獣の愉悦を掻き立ててくるのだ。

さらには、漬け込んでいるときばかりでなく、引き抜くときにも、行かないでとばかりにすがりついてくるのはもちろん、まるで膣孔を窄めるようにして肉幹にたっぷりと擦り付けてくる。しかも、瑞穂の整った美貌が、官能に蕩け崩れると、凄まじいほどの色気が匂い立つのだから堪らない。なまじ清楚な顔立ちであるだけに、キュッと眉根を寄せ、ぽってりとした紅唇をあえかに開くだけでも、即座に公平を悩殺してしまうほどだ。

「あぁ。そんなにおっぱいを弄られているとまたイキそうになる……。大きなおち×

ちんをおま×こに挿入《い》れられているだけでも切ないのに……恥をかかされ過ぎて瑞穂、おかしくなってしまったのね。まるで淫乱みたい……！」

自らを蔑《さげす》むような口調とは裏腹に、美熟女には兆した様子が滲《にじ》んでいる。美しい肉体のあちこちが艶めかしくヒクついている。

どうにかなってしまいそうなほどの快感に、イキ我慢をしきれずにいる未亡人。健康な熟れた肉体が貪婪《どんらん》に反応を示すのは、ある意味で当たり前ともいえる。けれど、それを当たり前と開き直らずに、いつまでも恥じらいを捨てきれずにいるのが彼女の魅力の一つだろう。

「僕はエロい瑞穂さん大好きですよ。淫らでも上品だし、やばいくらい美しいし！」

「ああん、そんなにうれしがらせないで……。公平さんにそう言ってもらえるだけでしあわせ……あぁ、瑞穂、イッちゃう、あっ、あっ、あっ、あぁ、ダメっ！　……イクの、イクっ、イクッ、イクぅううううううっ！」

びく、びく、びくんとド派手に女体を痙攣させながら艶めかしい啼き声を噴き零し、瑞穂が激しくイキ乱れた。

「おわぁぁ……ぐううっ、すごい締め付け……。瑞穂さん。また派手にイキましたね……それもかなり大きなアクメみたい」

美熟女を襲った巨大絶頂波は、公平が目を白黒させるほどの昇り詰めようだ。

「んふぅ……ほおぉ、おふぅ……ハァ、ハァ、ハァ……」

半《なか》ば意識が千切れ飛んでいる瑞穂。公平は血走った眼で、鏡の中の真っ赤に紅潮しきった美貌を見つめている。

「瑞穂さんばかりイッてずるいです。僕も気持ちよくしてくれなくちゃ妊活になりませんよ！」

言いながら公平は、寝バックの体勢から肉棒を引き抜き、美麗な女体を表に返す。

貴婦人の艶貌を熱く見つめながら、再び分身を正常位で埋め戻した。

扇情的であり美の極致でもある未亡人のイキ貌を拝みながら種付けしたい一心だ。

「あううっ……。公平さん。また正常位で、瑞穂に子胤をくれるのね。うれしい！」

自慢の怒張で一気に貫いても、もはや美熟女はすっかり公平の逸物に馴染んでいて容易く受け止めてくれる。けれど、寝バックとは異なる場所を擦られて、新鮮な喜悦を味わっているようだ。むろん、それは公平も同じで、根元までをすっぽり嵌め込ませては、女陰の微妙な蠢きにさらに射精衝動を煽られていく。

「ああ、公平さん。射精《だ》してっ！　瑞穂に、熱いお情けを注いでください」

古風な物言いで瑞穂が種付けを求める。公平の首筋に手を回し、自らも蜂腰を浮かせてクナクナと戦《そよ》がせていく。とても清楚な淑女のそれとは思えない腰つきだ。

けれど、イキ極めた余波を残したまま艶腰を振っていると、つい自らの官能を追う動きになるらしい。

「あっ、あん。気持ちいいわっ！　ねえ、気持ちいいのっ‼　公平さんを気持ちよくするはずなのに……ああん……このままでは、また瑞穂が先に恥をかいちゃう！」

浅瀬の感じるポイントを自ら肉棒に擦りつけては甘く呻き、奥のポルチオに導いてはすすり啼く美熟女。またしてもアクメの漣《さざなみ》が女体に押し寄せているらしく、唇を色っぽくわななかせながら腰つきをくれる。

「あああぁぁ、はぁぁぁん。イッて。公平さん、早くイッて……。じゃないと、瑞穂、切ないぃぃ～～っ！」

「ぐふっ、瑞穂さんのエロい腰つきヤバいです。熱くて濡れ濡れのおま×こが、ち×ぽのあちこちに擦れています！」

「ああ、エロい腰つきなんて言わないで。瑞穂は、ふしだらな自分を判っているわ。あぁ、なのに腰を止められないの……。あっ、あっ、あぁ、また瑞穂は」

切羽詰まった口ぶりが、甘く鼻にかかる。どれほど淫らであっても、ふしだらであろうとも、乱れれば乱れるほど未亡人は、色っぽくも美しく神々しい。

「ああん、ダメなの……気持ちよすぎちゃうのっ！　ほおおぉ、もうダメぇっ！」

８の字を結ぶ純白女体が蜜のように甘く匂い立ち、濡れ蠢いている。肌を流れる汗は滝にでも打たれたようだ。

「あはぁん、おおぉ……本当にもうダメ……我慢でき……ない……。瑞穂、イクっ。公平さん……ダメなの。瑞穂は、もう壊れたみたい……イキ止まりませんっ」

淑女の玉の肌のあちこちに公平は掌を滑らせていく。汗まみれの絹肌は、つるんと剝き玉子の如く、しっとりと濡れた感触で掌にぴちっと吸いついてくる。そのたびにビクン、ビクンと女体が切なくわななくのが愉しい。

「ああ、瑞穂さんが、僕のち×ぽでイキ狂っている……。こんなにエロいイキ貌なのに、これほど美しいなんて。最高です。瑞穂さん。最高に興奮しちゃいます‼」

目元はツヤツヤに上気し、ぱっちりとした眼は潤み蕩け、煌めく瞳は可憐な上目づかいで、一途《いちず》に公平の顔をじっと見つめている。

口唇は食べられるのを今か今かと待ち受け、半開きの容《かたち》もふっくらとやわらかく、艶めく官能にわななないている。

「瑞穂さん、なんていやらしい貌をするんだ！　エロすぎて、たまらない‼」

成熟した淑女が魅せる妖しいまでの艶めかしさに、肉棒を漬け込んでいるにもかかわらず欲情させられてしまう。

たまらず未亡人の美貌に唇を寄せ、キスの嵐を浴びせかけながら愛撫を続けた。指先や唇が、細い首、細い肩、華奢な鎖骨《さこつ》と濡れた肌をなぞるたび、敏感にも爪先まで緊張させて、ビクビクと快感痙攣に震えている。

「ほら、イキたいでしょう？　今度は一緒に僕もイクから、もっと腰を動かして」

公平に促され、最奥まで肉柱を導いたままの蜜壺がグラインドを再開させる。抜き差しではなく密着したまま円を描くように肌を擦れさせていく。

「ぐおっ！　瑞穂さんっ、おま×こがこれまで以上に喰い締めている。おっ、おっおっ、膣中《なか》で擦れるのもすごくいい！」

「瑞穂もよ。恥ずかしいのに、すごく気持ちいいの。ああん、本当に瑞穂、狂ってしまうぅ……っ！」

グラインドしていた腰つきがどんどん激しくなっていく。前後にも大きく揺すりながら膣孔の襞という襞を肉棒に擦りつけてくる。

「あああぁ、もう……もう……ああああぁぁん、あああああっ……イクっ……あぁ、イクわ……公平さぁ～～ん！」

扇情的に牝啼きする未亡人に、最早公平もじっとしていられなくなった。両手で牝淑女の艶尻を抱《かか》え込むようにして、上から何度も腰を叩きつける。

「瑞穂さん。きつい。なんて強い締めつけ……おま×こが……。ヌルヌルなのに、ぎゅって締めつけてくる……。すごいよ。最高に気持ちいいっ！」

肉棒はおろか心まで蕩かされるような心地よさに、公平は酔い痴れている。ついに喜悦が沸点に達し、陰嚢が発射前の凝固をはじめた。

「あぁ、公平さん、瑞穂もです。公平さんのおち×ちん、すっごくいいの……大好きよ……あはあぁっ……ああん……。ねえ、好きなの……あぁ……好き、好きぃぃっ！」

公平のことを好きだと言ってくれているのか、公平の肉棒を好きだと言っているのかは判らない。けれど、いずれであろうと、好きと言われるのはうれしい。

「ぐうぉぉおっ。いやらしいおま×こに射精《だ》しますよ……あぁぁ、イクっ！」

激情に駆られた公平は律動をさらに大きくさせ、媚肉に分身を強く擦り付ける。

「ほおおおぉ……。お、お願い！　射精《だ》してっ……。瑞穂も一緒にイキますから……。公平さんの熱い子胤をお願いします！」

若牡の精を子宮で受け止めようと、未亡人が発情した女体をなおものたうたせ、公平の官能を煽る。瑞穂が、その存在そのもので公平の快感を高めてくれる。凄まじい快感。目も眩《くら》むほどの悦び。耳を劈《つんざ》くほどの多幸感。全てが牡獣の満足へと結実していく。

ドプッ――と、公平の耳に自らの射精音が響いた。錯覚ではあろうが、それほど強烈に鈴口が爆《は》ぜ、精液が撃ち出された。

未だ新陳代謝の活発な年齢にある牡獣は、何度射精しても、その濃厚さや勢いを衰えさせない。その激しい白濁の塊が美熟女の子宮口にぶつかり、イキ極めていた牝肉をさらに高みへと導いた。

「ほおおおおおぉ……。公平さん。ああ、公平さん！」

力強く公平の首筋にしがみついた牝淑女は、情感たっぷりに若牡の名を何度も呼んでいる。その意識は忘我の淵を彷徨っているようだ。

「ああ、瑞穂さん。また、こんなにエロい貌をして……。目の焦点もあっていない……。ああ、でも瑞穂さんは、いいおんなです。抱いても抱いても、すぐにまた抱きたくなってしまう……。さあ、キスをしましょう。熱烈なキスを……」

「んんっ、公平さん、好きよ……好き、好き……。んふぅ、愛しています」

未亡人の紅唇に公平は自らの唇を重ねていく。

（こんな風に愛されるなら、この仕事も捨てたものではないなあ……）

激しく舌を絡め合わせながら公平は、ぼんやりとそんなことを考えている。

たとえ、この愛が泡沫《うたかた》のモノだとしても、その思いに変わりはなかった。

2

「じゃあ、今度はクリトリスをコロコロしてあげますね。詩乃さん、大好きでしょう？」

わざと公平は口にして、美人課長の媚肉の合わせ目に手指を運んだ。

すでに肉棒を後背位から咥え込ませているから、肌を敏感にさせている詩乃がじっとしていられるわけがない。やさしく指先で摘まむだけで、瞬時に、雷にでも打たれたような反応が美麗な女体に起きた。

「あっ、ああっ、あぁぁっ！　ダメぇっ、ダメなの、ひゃぅっ!!　ダメぇぇぇーっ！」

悲鳴と同時に美人上司の背筋が、ぐいっと反《そ》り返《かえ》り緊張した。イク寸前の詩乃のいつもの反応だ。

「詩乃さんの性感帯は全て承知ですから手探りでも……。ほら、この小さなお豆がいいのですよね？　気持ちいいからこんなに硬くしこらせるのでしょう？」

公平の問いかけに、ろくに応えることもできずに微熟女は、「あはぁぁぁーっ！」と牝啼きを零す。女体が派手に痙攣して、そこが詩乃の最敏感な器官であることを曝《さら》け出している。

瑞穂と肌を交わしてから一か月。先ほど詩乃から未亡人の妊娠を知らされた。これで、もうあの貴婦人と逢うこともないのだと思うと、やはり酷く落ち込んだ。そんな公平を見兼ねて、詩乃が久しぶりのレクチャーを持ちかけてくれたのだ。

もっとも、いまでは彼女から教わることも少なくなりつつある。レクチャーというより、二人きりの不適切なミーティングといった方が適切なほどだ。

「次に公平くんが公務を執行するお相手も決まったの……。んふぅ……」

種付けを希望する次なる女性が現れたことを公平に告げながら、なおも美人上司は無視できない官能に溺れている。

「こ、今度の女性は公平くんと同じ年のキャリアウーマンで……あっ、あはぁっ！」

震える声で詩乃は、なおも相手のプロフィールを告げてくる。

明晰《めいせき》な美人上司の頭脳は、官能の帳が降りていても、その程度は諳《そら》んじることができるらしい。とは言え、公平に伝えられる情報が、どこまで信用できるかは、いささか怪しい。恐らくは、名前さえ偽名のはずだ。

公平と同じ二十五歳なら、キャリアウーマンと言っても駆け出しだろうか。

「そうですか、次の希望者はキャリアウーマンですか……。にしても、詩乃さんは、いやらしいなぁ。指でちょっと触れただけで、お豆がこんなに膨らんで……。すぐにでも大好きなクリ転がしをして欲しいのですね！」

公平が嬉しそうに指摘するだけで、ぶるぶるっと女体が震える。

「ああん。公平くぅんっ！　か、感じ過ぎて切なっ……おほおぉぉぉ～～っ！」

切ないと訴える間も与えずに、手探りで詩乃の女核を包皮の上から押さえ込む。勃起したグミのような牝芯を公平は指先で根元から転がした。

「ひうっ……だめっ！　ね、根っこ……あぁ、根っこをそんなっ！　ひゃぅううっ、あっ、やぁあああああぁ～～っ！」

クールな美貌に似合わぬほどの卑猥《ひわい》な悲鳴が即座に上がる。同時に美麗な女体に大地震が起こり、ベッドの上で四肢がのたうった。

それでも公平が背後から女体を貫いているため、逃れようと細腰を蠢《うごめ》かしても逃れられずにいる。むしろ、自ら動いたせいで女陰を肉棒に擦りつけてしまう結果を招き、より強い刺激に襲われるのだ。しかも、公平は、その切っ先を美人上司のGスポットに巧妙に当てていた。

ブルブルッと女体を切なげに震わせる詩乃に、公平は、ロデオでもしているような気分だった。美しい牝馬は、ひどくやわらかく、汗まみれで滑るから、のしかかっているのも楽ではない。しかも、暴れる牝馬に、的確にGスポットにあてがい続けるのは難しい。やむなく公平は、さらに体をグイッと迫り上げ、その切っ先をGスポットから膣奥へと移動させた。

「はうぅぅぅっ！　だ、ダメぇ、奥はダメぇっ！　またポルチオを擦るのでしょう？　詩乃をおかしくさせるつもりね」

「そうですよ。今度はクリを回しながら、詩乃さんのポルチオをいっぱい擦ってあげます。いつものように連続絶頂してくださいね」

暗示をかけるように宣言した。

むろん、公平にも相応の快感が湧き起こっている。何せ美人上司の媚肉は、肉厚で具合がよい上に、その締まりも相当なものがある。それも、ただ根元をぐいぐい締め付けるばかりでなく、竿全体を掌で優しく絞るように喰い締めてくるのだ。

自然、込み上げそうになる衝動を堪《こら》えるため、公平は頭の中で元素記号を諳《そら》んじなくてはならない。それが公平の編み出した長もちさせる秘策だった。頭の中で元素番号の周期表を展開しては、その記号と性質を並べていくのだ。

詩乃とのミーティングも瑞穂との妊活にも、頭の中で「水兵リーベ……」と唱《とな》えては、その元素記号と性質を繰り返し当て嵌め、込み上げる快楽から気を逸らした。

もっとも、この秘策も繰り返し過ぎたせいで、その効果が失われつつある。かと言って他に良い手も思いつかず公平は、元素記号で頭の中を満たしながら切っ先で子宮口をトントンとノックするように微弱な振動を美人上司に与えた。

「あはんっ!! ひ、響くわ。奥に響いちゃう……。ああ、ダメっ。おかしくなりそうっ！」

お陰で、女体に初期絶頂のさざ波が訪れては引くのを繰り返し、やがてその波の周期が短くなっていく。

「あううっ、は、はじまったわ……。ああ、ダメダメっ！　このままでは詩乃、またイキ止まらなくなるぅぅーーっ」

ゴージャスボディがわなないては、ひきつけを起こしたように痙攣を繰り返す。

真正面からその貌を目の当《ま》た《あ》りにしてしまえば、さすがに公平も元素記号どころではなくなるが、それも踏まえて後背位から擦りつけているからイキ貌は覗けない。

「ほら、こうしてポルチオを擦られながらのクリ転がし。これからは日課にしましょうよ。少なくとも十分のコロコロはノルマにしますね」

あえて日課とか、十分と口にしたのは、詩乃にそれを妄想させるためだ。

「ああ、ダメぇ。十分なんて耐えられない。それを日課にだなんて……！」

そんな色っぽいにもほどがある牝声を聴かされ、刹那に公平は下腹部にやるせない衝動が込み上げた。もはや元素記号も吹き飛び、その衝動を媚肉にぶつけた。

小刻みに擦りつけるばかりだった肉柱を大きく抜き挿しさせるのだ。けれど、決して指先に捉えた牝芯を逃しはしない。十分のノルマは、完遂するつもりだ。

「あはぁ……。こ、公平くん……許して……ううぅっ、ダメぇぇえ～～っ！」

声を震わせて微熟女が絶叫した。しかし、牡獣は容赦しないどころか、挟む指の転がす速度を上げて、淫靡で粘着質な水音をわざと立てていく。

「だめって言っても詩乃さんのおま×こ、ぐちょぐちょですよ。もうイキたいのですよね？　ほら、正直に言ってください。コチコチのとんがりを転がされると、詩乃は我慢できなくなる淫らなおんなですって……」

「いやぁ……言えない……。そんな恥ずかしいこと……あぁ～～っ。もう、ダメっ。詩乃、イクッ、イクッ、イッちゃうううううぅ――っ！」

さぞかしクールな美貌を扇情的に強張らせていることだろう。そのイキ貌を拝みたい願望が、しなやかな背筋が持ち上がりこちら側に撓められた瞬間、叶えられた。

背後の公平にもたれかかるように、美しい純白アーチができあがったのだ。

その小さな頭が公平の肩口に載せられ、お陰で、艶顔が露わになった。

窮屈な媚肉の中、亀頭部がぎゅぎゅうと子宮口を圧迫している。

「おおおおぉんっ、おおおおおおぉっ！」

音程の低い、美しい顔立ちに似合わぬ呻きは、微熟女が本気で絶頂した時にのみ聞かせてくれる妖しい牝啼きだ。

時間が止まったかの如く、女体はぴたりと動きを止め、荒い呼吸も止めている。そして数秒が流れ、詩乃はぶるぶるっとわななくや、再びベッドに女体を突っ伏し、どっと汗を噴き上げた。

「派手にイキましたね詩乃さん。でも、まだ三分も経っていませんよ。残りの七分は皮を剝いてしましょうね」

余韻に荒い息を吐いている美人課長は、朦朧《もうろう》とした表情で若獣の声を聴いている。けれど、指先で肉芽の包皮を突かれると、その意味をようやく理解したらしい。

「いやぁ……ダメよ。いまクリトリスを……あはぁ、剝いたりしちゃ、いっ！」

上司が止めるのも聞かず公平は、器用にクリンと包皮を剝き、ルビーの牝核を覗かせる。すかさずその萌頭をあやすと、びくびくんと女体が妖しく震えた。

「やぁぁぁあああああぁ〜〜。ダメよっ、ああ、ダメぇぇぇ〜〜っ！」

甲高く張り上げた淫声は、あまりに蠱惑的で、脳を冒《おか》されてしまいそうだ。

「いくらクリ転がしが気持ちいいからって、そんなに大きな声を出していたら隣の部屋にまで届いてしまいますよ。いいのですか？　詩乃さん」

例によってここは、ホテルの一室であり、ある程度のプライバシーは保たれている。にもかかわらず美人上司は、それを忘れ狼狽したようにその身を震わせている。

「ああ、ダメぇっ！　そんなのダメなのぉ〜〜っ！　詩乃の恥ずかしい声は、公平くんだけの秘密にして、お願いだからぁ〜〜っ！」

こちらに振り返った美貌は、瞳を濡れ揺らし、拗ねるようにこちらを見つめている。見ている公平の方が蕩けてしまいそうな微熟女の牝貌だ。

「判りましたよ。それじゃあ、ふたりだけの秘密です。だから、ほら、たまらないクリ転がしを続けましょう」

口調でも美人上司を嬲り、その理知的な脳裏をとことん焼き尽くしていく。

「ほうぅぅぅううう〜〜っ！」

美人課長の包皮を剝いたルビーの肉萌えを指先に転がしながら嘯く。

「ほら、ほら、ほら。根元まで剝き出しのクリちゃん、もっと擦ってあげますね。もうイキそうでしょう？」

「くふっ！　はうぅぅ～～！　あっ、あはぁぁあああああ～～っ！」

純白素肌をピンクに染め上げ、狂ったようにのたうたせる詩乃。もはや思考など全く働かぬようで、ただひたすら公平がもたらす官能に打たれるばかり。

「詩乃さん、いい悶えっぷりですね。そんなに気持ちいいのなら、あと五分クリ転がしを追加しましょう！」

言いながら絶えず牝核を弄び、肉柱の抜き挿しも早めていく。

「あひぃ～～っ！　コロコロダメぇぇぇっ！　いやぁ、奥もそんなに擦らないで……。ほううん、詩乃、壊れちゃうわっ！」

派手に仰《の》け反《ぞ》り、腰を激しく左右にくねらせている。背筋まで純ピンクに染め上げているのが、その切羽詰まり具合を表している。

「でもほら、もっと……。詩乃さんのこのエロいカラダなら、もっとド派手に悶えられるでしょう？　イクのだって、もっと淫らにイキまくれますよね」

公平が囃《はや》し立てると、詩乃はさらに女体を卑猥にくねらせる。

「あぁ、嘘よ！　詩乃、そんなに淫らじゃないわ!!　イキまくるなんて、そんなこと……あはぁっ、でも、もうダメっ。詩乃イク……。イッちゃうぅぅ〜〜っ！」

「イケ、詩乃さん、イッて！」

美人課長の淫情煌めくイキ様に煽られ、公平はぐいぐい腰を揺さぶりながら「イケ。イケ！」と叫ぶ。上司と部下の関係が完全に逆転した瞬間、詩乃が再び背筋をギュイーンと撓め、絶頂の淫電流を全身に浴びた。

「あああっ！　イクっ！　詩乃、イクぅぅ〜〜っ！　きゃううううう〜〜っ！」

詩乃の艶めかしい牝啼きに、公平も射精衝動を揺さぶられた。

脳天からも射精しそうなほどの興奮に、肉体が反応したのだ。

ぐったりと女体をベッドに突っ伏し、イキ乱れるグラマラスボディに、公平は夥しい精を思う存分放つのだった。

3

「えーと。今日は八〇五号室か……。にしても、このホテルばかりで、正直、飽きるよなあ……」

約束の時間に公平は、指定された部屋を訪れた。

フロアこそ違えども、いつものホテルの一室は、詩乃の手配によるものだ。詩乃とのミーティングも常にこのホテルだし、いまだ続いている瑞穂との逢瀬も、いつもここだった。

「まさかとは思うけど、このホテルとうちの会社《やくしょ》は、提携とか契約でもしてるのか？」

むろん、共済で指定されているホテルなど危なくて使えない。恐らく、このホテルとは提携などないはずで、単に、庁舎から数駅離れている立地と使い勝手のよさから選ばれているのだろう。

そんなことを想像しながら歩いても迷うことなく目的の部屋の前に辿《たど》り着けるほど、すでに公平はここの常連化している。

（さて上林美希《かみばやしみき》さんか。僕と同じ年らしいけど、また美人だとうれしいなあ……）

公務であるのだから容姿の選り好みを言うのは、いささか不謹慎だ。とはいえ、公平とて人の子、そんな願望を内心抱きながら部屋の呼び鈴を押した。

けれど、まさか「はい」と返事があって開かれたドアの向こうに、見覚えのある女性が立っていようとは想像もしていなかった。

互いが互いを認め「あっ！」と声を上げ、そのまま固まった。

「上林美希……さんって、神林柚希《かんばやしゆずき》さん……ですよね？」

ようやく発した言葉は、公平と柚希にのみ通じるもので、他人には判らない。それに対する柚希の返事も、同様の言葉だった。

「公平くん……。あなた、やっぱり公平くんなのね……」

互いに、ぽかんとした表情を浮かべているのも当然、まさかこんな再会をするとは思っていなかったからだ。

柚希は、公平の高校時代のクラスメイトであり、密かに片思いした相手だった。高校卒業から七年が経ち、当然のことながら彼女も随分と大人びて、すっかり垢抜けているが、そこは惚れた相手、すぐに柚希と気がついた。

どうやら〝上林美希〟は、偽名であったらしい。

「まいったなあ。まさか公平くんが、妊活の相手だなんて……」

柚希が〝妊活〟と口にしたところを見ると、種付けの希望に間違いはないようだ。

詩織からは彼女の事を、「若いうちに子供を産み育て、その後に自らのキャリアを追うというライフプランを持っていて、このサービスを希望している」と聞いていたが、まさかそれが、かつてのクラスメートとは。

公平が相手の情報を、名前と年齢、大まかな理由くらいしか知らないのは、依頼者に過剰にのめりこまないようにするためだ。

恋人同士のような関係にまで発展した瑞穂の時でさえ、彼女が未亡人であること以外、その素性にはほとんど触れぬまま過ごした。

けれど、はじめからお互いが知り合いとなると、話はややこしくなる。

縁もゆかりもない相手だからこそ、後腐れなくサービスを受けることができるものなのかもしれないと、公平も理解しているからだ。

「どうしようかな。この場合って……。一応、上司にも相談してみるけれど、今回はキャンセルってことにしておこうか？」

実際に公平と逢って、サービスを受けるかを決めるのは利用者の権利だ。何となく風俗とかのキャンセルが頭に浮かび抵抗があったが、この場合はやむを得ないだろう。さすがに、やり手の詩乃もこんなケースは想定していないはずだ。

スマホを手に取り美人課長に連絡を取ろうとした公平。けれど、柚希がそれを押しとどめた。

「待って！　あのね。もし公平くんさえよかったら、私はこのまま……」

言いながら柚希が、公平の手を取り部屋の中に導き入れてくれる。

このままここで立ち話もまずかろうと、素直に公平も部屋の中に足を踏み入れた。

「でも、本当にいいの？　だって顔見知りの僕と妊活するってことだよ」

七年ぶりの再会とはいえ、顔見知りには違いない。

柚希の立場に立ってみると、元同級生から種付けを受けるというのはどうだろう。きちんとした公共サービスであり、守秘義務は固く守られるにしても、やはり公平には問題ありと思えてしまう。

「うん。判ってる。私はそれでも……。いいえ。むしろ、せっかくだから公平くんにお願いしたいなって」

むろん公平に異存はない。柚希は、かつての想い人なのだから、公平からお願いしたいほどだ。

しかも、相変わらず彼女はカワイイ上に、あの頃にはない成熟した大人の美しさも漂わせている。

あの頃との明確な違いは、漆黒のストレートヘアが、ふんわりとしたウエーブの掛かったロングヘアとなり、やや赤みが加わったことくらいだろうか。他は、何も変わっていないように思える。

（ああ、でも、そっか。あの頃より格段に色っぽい……。メイクのせいかな……？）

引き込まれそうな大きな瞳は、黒目と白目のコントラストが酷くはっきりとしている。少しばかり離れ気味なのが、可愛らしくもあり色っぽくも感じさせる。

くっきりとした二重とカーラーで強調された長い睫毛が、さらにその眼を魅力的にさせている。

ウサギを思わせる鼻は、鼻腔も小鼻もやけに小さい。それがすっきりとした印象を持たせる所以だろう。

むろん、目も鼻も印象的ながら、柚希の場合、特に印象的なのは、そのふっくらとした唇だ。上唇の山形がきれいなM字を描き左右に裾野を広げている。山頂部分が少し凹んでいるからM字に見えるのだろう。対する下唇が平べったく横に長いため、可愛さが際立つ上にボリューミーでもある分、官能的にも映る。

その唇が、いまは扇情的に緋色のリップで彩られているから大人可愛くもさらに色っぽい。

かつて、この人形のような端整な顔立ちに恋い焦《こ》がれたのだ。

柚希は、頭脳明晰な才媛で、学年トップの成績を誇ると同時に、バスケ部で全国大会に出場するほどの運動神経の持ち主でもある。

クラスメイトからの人望はもちろん教師からの信任も厚く、学級委員長も任されていたほどだ。ギリギリ上の下くらいの成績だった公平には、高嶺も高嶺、エベレストほども高嶺の花に思えた。

「本当に僕でいいのならうれしいな。あの頃、僕、柚希さんのこと好きだったから」

高校生の時分は好きとも言えず、離れたところからその姿を目で追うばかりだった。

その意味では過去形とはいえ「好きだった」と口にした公平も、少しは成長しているのだろうか。その癖、柚希の美貌を直視すると、あの頃と同じ甘酸っぱい思いが込み上げるのだから、その成長も高が知れている。

（そう言えば柚希さん、国立の外語大を卒業してから一流商社に就職したとかって、誰かから訊いたよな……）

その点は、事前に詩乃から提供された情報と一致している。

つまりは高校生の頃に感じていたカーストの差が、さらに広がっているのだ。

（若いうちに子育てを済ませて、ビジネスマンとして脂の載る時期にはキャリアを追いたいのだっけ……。柚希さんらしい理由かも……）

あまり立ち入るべきではないとは思うものの、かつての想い人に自分ができる事として、この種付けに真摯に臨もうと、公平は身を引き締めた。

「気づいていたよ。だから、私、公平くんに、お願いしたいなって……。見知らぬ男性と、そういうことをしちゃうの、実はちょっと抵抗があったから。むしろ、公平くんでよかったなって」

自然な形での妊娠を望む一方で、恋愛の過程を踏まずに肌を重ねることに抵抗があるのは女性として当然だろう。

「もしかして公平くんとは、こうなる運命だったのかも……。だとしたら、柚希は絶対に公平くんの赤ちゃんを身籠《みご》るわね」

確かに奇跡のような偶然であり、この再会を運命かもと思うのは、若い女性らしい乙女チックな発想だろう。あるいは、かつてのクラスメイトの前に立ち、過ぎ去った時間を超越して、美少女の頃に戻ってしまったのかもしれない。

けれど、公平もあの頃に戻ったような心持ちがしていると同時に、彼女同様運命めいたものを感じていた。

4

「かしこまりました。では、さっそくはじめましょうか」

言いながら公平は腹を決め、着ていた服を脱ぎはじめる。

さすがに戸惑いの色を浮かべている柚希にはお構いなしに、全裸になって全てを曝け出した。

「あ？　えっ？　ちょっと……。きゃあっ！」

恥も外聞もなくパンツまで脱ぎ捨てると、慌てたように背を向けて視線を逸らした柚希の背中にゆっくりと近づいた。

自分の大胆な行動には、正直、公平自身も驚いている。高校生の頃の自分であれば、シャイが邪魔をして絶対にできなかったであろう。

役所に勤めてからも少子化対策室に配属される前までは、とあるしくじりが切っ掛けで、斜に構えるようになっていたため、また異なる態度を取ったかも知れない。そんな公平が変わる切っ掛けを与えてくれたのは詩乃であり、さらに自分に自信を持つようにしてくれたのは瑞穂であった。

（もしかしたら柚希さんとの再会で、さらに僕は変われるかも……）

そんな予感を胸に抱きながら、柚希を背後からそっと包み込むように抱き締めた。

「もう逃がしませんよ。僕をけしかけたのは柚希さんですからね……」

甘く耳元で囁くと女体がフルフルッと震えた。まるで羽根を休める小鳥を懐に抱いているような感覚だ。

柚希の身長は、１８０センチある公平より随分小柄で、その女体も華奢に思える。それでいていざ抱いてみると、意外な肉感がいかにも女性らしさを感じさせた。

「こ、公平くん……」

その声には、恥じらいが滲む。回した腕から彼女のドキドキが伝わる気がした。

(うわぁ。柚希さん。乙女のよう……。でも、まさか処女ってことはないよな)

一流の商社に勤めるキャリアウーマンであっても、年齢的に柚希は、まだ駆け出しであるはず。それでも、彼女の優秀さはよく知るところだけに将来を嘱望《しょくぼう》されているであろうことも想像が着く。そんな優秀な彼女が、こうして公平の前では乙女のような恥じらいを見せるのだからたまらない。コンプレックスをこじらせている公平にとっては、ゾクゾクするようなシチュエーションでもある。

「こういうことは、勢いですから……。本当は、僕もドキドキしているのですよ。だって、急にあの頃の片思いがこんな形で叶《かな》おうとしているのですから……」

言いながら公平は、柚希が身に着けているカーディガンの前ボタンに手を運んだ。

背後から回した腕にアンゴラの風合いを感じながら下から順にボタンを外す。

「あん……」

前開きにくつろげたカーディガンを細い肩から剝き取ると、リブ編みのホワイト系のニットのトップスが現れた。

思いがけず、セクシーなホルターネックのタンクトップに、スレンダーグラマーな女体のラインが程よく強調されている。

柚希も妊活を意識して、幾分大胆な衣装をチョイスしたのだろう。もしかすると、このトップスの下には、扇情的な勝負下着が隠されているのかもしれない。

「柚希さん、あの頃には想像できないようなセクシーなファッションですね。とってもお似合いですよ。ほら鏡の中に映っています」

公平の言葉に、俯けていた美貌を持ち上げ、ハッとした表情を浮かべる柚希。壁に掛けられた大きな鏡の中の自分にようやく気付いたらしい。

「綺麗な柚希さんの匂いを嗅いでいるだけでも興奮します。さあ、このトップスも脱いじゃいましょうね」

そう宣言してから公平は、タンクトップの裾を摑み取り、下からゆっくりと持ち上げる。

色白の引き締まった腹部を越えると、ふっくらと盛り上がる下乳をやさしくも艶やかに覆う葡萄色の下着が現れる。

「おおっ！」

その扇情的なデザインには、さしもの公平も驚きの声を禁じ得ない。

上品さたっぷりの総レースのブラは、際《きわ》どく乳首を隠しているものの、滑らかな乳肌を悩ましいまでに透けさせているのだ。

「柚希さん、凄い。下着まで超色っぽい……」

予想をはるかに上回る艶めいた下着に、思わず公平は息を呑んだ。

柚希の方は、鏡に映る自らの下着姿をとても直視していられないと言うように、再び美貌を俯け、長い睫毛を伏せていく。

「ああ、だって自信がなかったから……。妊活をするには、まず相手に私に欲情してもらわないとでしょう？　だから……」

恥ずかしげに言い訳する柚希を尻目に、そのトップスを小さな頭から抜き取り、傍らのソファに放り投げる。

「柚希さん、あの頃もこんなにいやらしいカラダつきをしていました？　きっと、成熟したのですよね……。こんなカラダに欲情しないはずないじゃないですか」

恥じらいの色を浮かべながらも大人しく剝かれている元クラスメイト。それをいいことに公平は、柚希のジーンズの前ボタンを手際よく外した。

ひざから足首に向かってぴったりとフィットする細身のフォルムのスキニージーンズは、腰高の美脚を著しく強調している。

そのファスナーも一気に引き下げ、ローライズのデニムの前をくつろげさせる。

「ああんっ……」

湿り気を帯びた吐息が、甘ったるい声と共に漏れる。

鏡の中、くつろげられたジーンズの中身までもが、公平に丸見えだった。

「おおっ。パンティもエロっ！」

セクシーと言葉を置き換えることも思いつかぬほど、才女の下着は際どいものだ。肌を透けさせる花柄のレースと紐でデザインされている。

「総レースのお洒落なデザインなのに物凄くいやらしい。下着だけでこんなに興奮させられるの初めてかもしれません」

まるで思春期に戻ったようなときめきと興奮に包まれるのは、やはり相手が高校時代の憧れの学級委員長だからだろう。

「もう、公平くんの意地悪……。私が恥ずかしがるように仕向けているでしょう？」

柚希の小さな頭が左右に振られる。同時に、ウエーブの掛かった豊かな髪が公平の鼻先で揺れた。やさしいシャンプーの匂いと彼女の体臭が入り混じった甘い芳香に、悩ましくくすぐられる。

「意地悪なんてしていません。むしろ僕は、あの頃のように柚希さんの虜です。だから、柚希さんが嫌がるようなことはしませんよ。それだけは約束します」

ウソ偽りなく本気で約束しながらも、その手はデニムを腰部の両サイドから引きずり下ろしにかかる。

「ああっ……」

くなくなと柚希の細腰がくねるのは、脱がすのを手伝ってくれているのか、恥ずかしさによるものなのかは判らない。けれどお陰で、スムーズに婀娜っぽくも広い骨盤の容《かたち》に張り出した蜜腰が露わとなり、次いでぴっちりとした円筒形の太ももや鮎の腹を思わせるふくらはぎも、そして細い足首まで露出《ろしゅつ》させることができた。

「ほら、裾から足を抜いてください。そう。柚希さんは、昔と変わらず素直ないい子なのですね」

まるで幼い娘を褒めるような口振りに、美貌がまたしても左右に小さく振られる。

優秀な生徒でありながら、どこか控えめだった柚希。その人一倍の美貌で、目立つことを嫌っていた。今思えば、それだけ芯の強い娘であったのかもしれない。

「次は、いよいよこのエッチなブラジャーを脱がせちゃいますね」

そう宣言してから背中のブラホックを外しにかかる。

正面から手探りで外すのとは異なり、しっかりと目視できるため、手こずる作業ではない。総レースに装飾されたブラを軽く引っ張ると、容易くホックを外すことができた。

途端に、ゴム紐が縮むのに任せてから、細い肩ひもを華奢な肩から滑らせる。

「ああ……っ」

緋唇から恥じらいの吐息が漏れるのと同時に、重力に負けたブラカップが滑り落ち、純白の乳肌が零れ落ちた。

ブラジャーの助けなど借りずとも、その容《かたち》をツンと上向きに保つふくらみは、どこまでも白く眩いばかり。大きさこそDカップあるかないかで、詩乃や瑞穂の巨乳には敵《かな》わないが、その乳房にはまた違った魅力に満ち溢れている。

スレンダーな女体そのままにデコルテこそスリムながら、下方からふっくらとしたベル型を形成している。それも、若々しい張りがあるからこそ純ピンクの乳首がツンと上向きなのだ。

清楚な顔立ちと、その挑発的な乳首のアンバランスさが男心を酷くそそる。

柚希の背後から鏡に映る魅惑のふくらみを公平はしっかりと脳裏に焼き付けた。

「服の上からは判らなかったけど、柚希さん、想像以上にセクシーな体つきをしているのですね。それに、あの頃よりも大人になったせいか、とても色っぽい」

愛らしい耳に公平がそう囁くと、羞恥した華奢な肩がふるふると震えた。にもかかわらず、女体からはねっとりとした蜜のような色香が発散されている。

凄まじい興奮が公平の体内を駆け抜け、分身が獣欲に漲《みなぎ》った。

5

「あの公平くん……。ひとつお願いがあるの。その敬語というか丁寧な言葉遣いを、やめてくれない？　なんだか余計に恥ずかしくて……。昔のように柚希って呼び捨てにしていいから」

伏せられていた瞳が、躊躇《ためら》いがちに鏡の中の公平を窺っている。目と目が合うと、ハッとしたようにまたすぐに伏せられてしまった。

「それがお望みなら僕は構いませんよ。じゃあ、遠慮なく。柚希……」

正直、彼女のことを呼び捨てにしていた覚えはない。片思いを悟られぬようごく自然に接しようとしていたはずで、それほど会話した記憶もないほどだ。とは言え、今頃になって彼女を呼び捨てにできるのは、照れくさくもうれしい。

「うん。公平くん……」

真っ赤に美貌を染め律儀《りちぎ》に返事をしてくれる才女。甘酸っぱい思いが込み上げ、またしても背後からギュッと女体を抱き締めた。

「あん……」

途端に、可愛い声が甘く漏れる。付き合いはじめたばかりの恋人同士のようなやり取りに、キュンと心臓が締め付けられる。

（うわあっ。本当にキュン死ってあるのかも……！）

心臓の疼きに本気でそんなことを思っている。同時に、腕の中の女体の向きをクルリと反転させ、その唇を掠《かす》め取った。

本来であれば、まず許しを請うてからでなければ、口づけはNGにしている。求められてであれば問題ないが、強引に奪うのは公共サービスとしてはもっての外だ。

「んんっ……」

驚いたように見開かれた柚希の瞼が、けれど、すぐに閉じられる。それも応じるように自ら首の角度を変え、ふっくら唇で受け止めてくれている。

刹那に公平の肌という肌に寒イボが立った。その凄まじい感触に感動したのだ。

まるでマシュマロのようなふくよかさとやわらかさ。まさしく官能的としか言いようのない触れ心地。この弾力やボリューム感をどれほど夢見たであろうか。

「んふぅ……んんっ、ほふぅ」

健気《けなげ》に小顔を上に向け、気持ち首を傾けて、公平からのキスを受け入れてくれる。その愛らしい表情が、公平の性欲を刺激する。

あっという間に、下腹部に血液が溜まるのを自覚した。素っ裸で正面から口づけしているのだから、肉欲に上反りした分身を隠しようもない。

醜い欲望を湛えた肉棒は、柚希のお腹あたりに擦れ、その存在を見せつけている。

「むほっ！　おわぁぁっ!!」

思わず魅惑の緋唇から離れ、驚きの声を漏らしたのは、強張りきった肉幹にひやりとした柚希の掌が巻き付いたからだ。

しかも、肉棒を慰めるかのように、やさしくゆっくりと擦り付けてくれるのだ。

「ぐわぁぁ、ゆ、柚希……そ、それはヤバすぎるよ！」

「だ、だって公平くんのおち×ちん、こんなに大きくなって辛そうなのだもの……」

肉軸の太さを確認するようにぎゅっと握られ、公平はうっと呻いた。

数回ストロークされたら射精してしまいそうなほど興奮している。片思いした彼女の手淫なのだからそれも当然だ。

「とっても立派なのね。それに凄く熱い……。欲求不満を貯め込んだ私のようなおんなには目の毒ね」

かつて学級委員長を務めたほど、真面目で理知的だった彼女。その柚希の口からまさか欲求不満などと聞かされるなど、思ってもいなかった。

「太くて、硬くて、長さもたっぷり……。おんなにとっては最高のおち×ちんね。そして、ここには子胤がいっぱい溜まっているのでしょう？」

公平の貌がだらしなく弛緩《しかん》していくのを認めた柚希が、なおも片手で肉棒を慰めながら、もう一方の掌に皺袋を収めてしまう。その手つきは、まるで袋の中の玉の重さを量るよう。しっかりと子胤が溜められていることを確かめているのだ。

「そうだよ。柚希を孕ませるため、たっぷりと溜めてきたから、ずっしりと重いでしょう？　早く柚希のおま×こに注ぎたいな」

甘えるように求愛すると、黒く煌めく柔和な双眸《そうぼう》がじっとりと潤んでいく。

鏡の中の美貌よりも、直《じか》に目にする方が、なおさらその美しさが際立つ。白皙《はくせき》の頬と紅が差されたふっくら唇とのコントラストの華やかさに、思わずホウッとため息を漏らした。

「柚希も注いで欲しい……」

真っ赤な美貌をさらにこれ以上ないほどにまで染め柚希が挿入を求めてくれた。

「じゃあ、柚希はソフトに気持ちを高め合うよりも、いきなり荒々しく子宮に注がれるのがお好みってことで、いいのだよね？」

意地悪く確認すると、小さな頭がこくんと頷いた。

もはややせ我慢もこれまでと、公平は柚希の手を取りベッドへと移動する。

積極的に彼女もダブルサイズのベッドの中央に乗ると、自ら四つん這いになって公平を待ち受ける。

「柚希はバックから獣みたいに種付けされたいってこと？」

振り返った美貌が、またしても小さく頷いた。

そのコケティッシュな表情に、公平も彼女を追いかけるようにベッドの中央に移動すると、蜜腰に残された最後の薄布に手を運んだ。

腰骨から腿の付け根に向かい急激なV字を描いて尻の間に消えていく葡萄色の股布は、表面に一筋の皺さえ作ることなく、柚希の股間にぴったりと張りついている。

そのゴム部を細腰から摘み取り、尻肌からつるんと剝いていく。たわわな肉付きの尻朶がホカホカの熱を孕み露わになると、薄紫の菊座も白日の下に晒された。

さらに待ちわびる雌蕊《めしべ》さえ容赦なく剝き出しにする。

（ああ、これが柚希のおま×こ……）

下着をずり降ろしていく間中、公平の視線はその女陰から離れない。否、離すことができない。

見事に盛り上がった二つの丸い尻肉。ふっくらした恥丘の膨らみに楚々とした翳りを作る恥毛、蠱惑的なY字ラインに歓喜の雄叫《おたけ》びをあげたくなる。

しかも、ムチッと悩ましい両腿の付け根で、濡れそぼった生赤い花びらがほんのりと口を開けているのだ。

「ああ、恥ずかしいわ……。おま×こから溢れちゃっているでしょう……？」

ベッドに手をついて尻を突き出した美女が、恐る恐るといった様子でこちらを振り返る。彼女の言葉通り、楚々とした淫裂から愛液が太ももに滴っていた。

成熟した肉びらは、楚々として新鮮な印象。全体が淡いピンクに彩られ、ふんわりした大陰唇と内ももの柔肌が強烈なエロチシズムを放っている。

たまらずに公平は、食虫植物に誘われる羽虫のように、柚希の股間に顔を埋めていく。距離が詰まるにつれ、苺ミルクのような甘酸っぱい匂いが強くなった。

「いやんっ。こ、公平くん。お、お口でなんてしないでぇ……」

べーっと目いっぱい舌を伸ばし、やわらかい割れ目に思いきり押しつけながら、股間の湿り気を貪る。分泌液や体液の残滓《ざんし》の刺激に、たまらなく興奮した。不自然な角度に首が痛むが、そんなことに構っていられない。

「あっ!?　うぅぅっ。ふ、あふぅん！」

柚希が腰を切なげにくねらせると、甘い汗に濡れた尻朶が頬に張りつく。尻肌以外何も見えず、興奮に音さえも聞こえなくなった公平はまるで、柚希の胎内で漂っているような錯覚に陥《おちい》った。

小刻みに頭を左右に振って女陰のそこら中を舐り、潤《うるお》った質感に酔い痴れていく。

(あぁ、柚希っ。大好きだよ……っ)

かつて恋い焦がれた相手。あの頃は、柚希にこんなことができるなど夢にも思わなかった。

「ほら……聞こえる？　こんなにま×こがクチュクチュいってるよ」

女陰から口腔を離し、止めていた呼吸を再開させる。代わりに指を才女の花弁に触れさせる。わざと下品にいやらしい音を立てて花びらをなぞり、入り口に浅く指を出し入れさせた。

「ああ、恥ずかしいわ……スケベな音しちゃってるの……。いやらしいお汁が……止まらないのね……。ああああーーーーっ」

柚希は、大人しくされるがまま身を任せてくれている。否、じっとなどしていられずに、蜂腰をくねらせながら敏感になった花弁を指で愛撫される感覚を味わっている。

感じている彼女の様子に、公平はもう少し指腹を挿し込み、膣内の小さな盛り上がりを探った。右中指をくの字に折って、その小丘を押した刹那、キャリアウーマンのたうちがさらに激しくなった。

「んあぁッ！」

「ここみたいだね。柚希の弱いとこ見っけ！　ココがGスポットってやつだよ」

「そ、そこ……な……に……っ？　あっ！　やぁあ……ッ、あん！　あん！」

どうやら柚希は、自らのGスポットを認識していなかったらしい。それを脳裏で反芻《はんすう》する暇も与えずに公平は、くっ、くっと等間隔で膣天井の膨らみを指腹で押し込んでやる。

「あんっ！　そこやぁ……何なの？　ああ、感じちゃうぅっ！」

押し上げられる度、甘い痺れが蜜腰に広がるようで、はしたない声が勝手に漏れてしまっている。

「何なの、この感じ……。ああん、いやぁっ！」

膣内の小さな丘を押されるにつれ、おしっこが漏れそうな切迫感にも見舞われるはず。けれど、そこを圧迫される毎に、後を引く痺れが強まっていくのだ。

初体験の感覚に戸惑う美女を他所《よそ》に、公平はGスポットを責めたまま熱い舌先で肉の萌も吻りはじめる。途端に、かつてのクラスメイトの蜂腰が跳ね上がった。その瞬間に柚希の背筋を駆け抜けたのは間違いなく快感電流であるはだ。

「あん……あっ、はぁっ、あ……。そこだめっ、あっ、く……」

妖しく痺れる膣内からくちゅくちゅと浅ましい水音が響きはじめる。公平が指を遣《つか》うにつれ、その淫音ははっきりと漏れ響く。

「あはぁ……柚希、すごく感じている……。その……ご、ご無沙汰だから……」

ゾクゾクするような充実感を公平は味わった。二十五歳のキャリアウーマンの美しい肉体は快楽を求めている。仕事ばかりに追われ自慰する暇もないのだろう。

「恋人でなくてもいい……誰でもいいから愛して満たして欲しい……」と、その成熟した肉体が訴えているのだ。

「柚希、本当にすごいよ……。ま×こぐしょ濡れでエロすぎっ！　こんなに清楚なおま×こしてるのにね」

「あああん……！　そんなこと言わないで……。気持ちいいのだもの……。公平くんに触られるの……とってもいいの……。ああ……」

公平の指が花弁を上下になぞり、敏感な突起を転がす。才女の媚唇は、さらにトロリとあふれてしまう。

たまらずに公平は、再び潤った粘膜にキスを浴びせ吸い付く。成熟したおんなの淫らな匂いと味がする。気がつけば分身はすっかり猛《たけ》り狂《くる》い、余命いくばくかと危ぶまれるほどにまで疼いていた。

6

「ねえ、公平くん……。もう焦らさずにおち×ちんを挿入《い》れて……」

肩越しに振り返り柚希が、熱っぽい視線を向けてくる。その表情は、男を求める発情した牝のそれだ。むろん、公平もすっかり欲情しきっていて拒む余裕などない。

「うん。判った。じゃあ、濡れ濡れのま×こをこいつでしこたま擦ってあげるね」

まるで盛りの付いた牡獣そのもの。がっつくように膝立ちして公平は、バックから猛り狂う先端をトロトロに蜜の溢れた花弁にあてがう。それでも、すぐには挿入せず、浅いところで意地悪く前後させた。

「もう！　公平くん、意地悪ばかり……。ねえ、来て……。柚希の奥まで挿入《い》れてよ。お願いだから、早く！」

柚希が悩ましい腰つきを切なげにくねらせる。

「もうだめなの……。本当に、おち×ちんが奥まで欲しくて、変になっちゃうわ」

かつての片恋が焼けぼっくいに火が点いたように燃え盛るのを禁じ得ない。

しかも、その彼女は、淫らなまでに肉体を熟れさせ、公平の勃起したものを求めているのだ。その事実に、公平の興奮はかつてないまでに高まっている。

「柚希。いくよ！」

衝動に駆られるまま、白く肉感的なカラダにバックからぐっと腰を突きだした。

「んうぅぅっ！」

ぶちゅるるっと音を立て、肉竿の先端が蜜壷に食い込む。牝孔がきゅっと引きつり、膣肉が亀頭にまとわりついた。

心地よい締めつけが、公平の性感を一気に昂ぶらせる。

「ああん、すごい……！　大きくて熱いのが、柚希の膣中《なか》に挿入《はい》ってくるう……」

才女が背筋をのけ反らせ、喜悦の叫びを漏らした。肉棒は半ば以上が女壷に埋没し、ぬめったぬくもりに呑みこまれている。

思いのほか挿入がスムーズなのは、若々しい肉孔が柔軟性に富んでいるからに相違ない。その癖、締め付けが強く、蠢くように肉竿に絡みついてくる。

公平は両手で柚希の蜜腰を掴んだ。細くくびれたウエストは、両手で掴むと左右の親指がくっついてしまいそうなほど。そこからヒップにつづくラインは、扇情的なほどにいやらしい。

お尻の谷間の下を見ると、濡れた女裂にずぶりと肉棒が埋まっているのが見える。背筋が粟立《あわだ》つほど淫靡な光景だった。困ったことに、肉柱の内側に今にも暴発してしまいそうなエネルギーが満ちている。

「くああ……締まってるよ柚希っ！」

「んあぁ……恥ずかしい……挿入されるだけでこんなにいいの……初めて……」

その言葉を鵜呑みにするつもりはないが、そう言ってくれるのは嬉しい。あの柚希が、かつて恋い焦がれた想い人が、公平の逸物を褒めてくれるのだから。

「ああ……大きいおち×ちんで感じちゃう……。柚希のおま×こ、淫らに歓んじゃってるよぉ」

蜜壺が内側から限界まで広げられるような充溢感に襲われているはず。公平の肉棒はそれほど巨大でゴツゴツしているのだと、詩乃も瑞穂も口々に訴えていた。

「おおお……。あっあぁぁ～～っ……！　だめ……ああ……飛んじゃう……。あん、いっ、イクぅ～～っ！」

柚希の蜜腰がビクンと波打ち、硬直する。媚肉が切なげに収縮して、勃起したものを締め付ける。挿入だけであっけなく達したのだ。

「柚希、挿入《い》れただけでイッちゃったの？　すごくスケベなんだね」

「いやぁ……。そんなこと言わないでえ……。んむん、ちゅっちゅっ……」

意地悪く指摘してから公平は女体を引き寄せ華奢な肩越しに唇を重ねる。柚希も応じて舌を突き出し、立ちバックで繋がったままキスを味わう。

「ああ……公平くん素敵……。バックでしながらキスするの興奮しちゃうわ」

肩越しの口づけに才媛は、まるでレイプされているような倒錯を感じるようだ。

「はあぁん……。だめ……だめ……！　我慢できないわ……！　公平くん……動かして……！　ねえ、お願いだから。あっ、ああん、あぁっ!!」

満たされる思いと共に、肉棒を根元まで突き入れ、ぐちゅぐちゅと捏ねてやる。

「あうぅっ！　ま、まだ奥になんて、そんな……。ああん、ダメぇ……そんなに奥を捏ねないでよぉ～～っ！」

最奥にまで咥え込ませた肉棒を濡れた温かい女肉が包みこんでいる。腰を揺すり、膣孔の隅々まで味わう。反り返った剛直から蕩けるような快感が脳髄にまで届いた。

公平にとって、この交わり以上に刺激的な交わりはない。

柚希は、決して手に入らない思い出の中の女性のはずだった。その彼女が、自分にお尻を掲げるようにして秘所を突きだし、肉棒に貫かれ、喜悦に喘いでいるのだ。

「はあぅぅっ……あああっ！　感じるわ。ねえ、感じちゃうのぉ……！」

公平は下腹を才女の瑞々《みずみず》しいヒップに思いきり打ちつけた。やわらかな尻肉がぷるぷると揺れる。両手をそこに滑らせ、十本の指をフルに使って揉みあげる。緋唇から、震えるような喜悦の声が漏れた。

尿道がちりりと焦げたようになり、耐えがたい絶頂への欲求が込みあげた。興奮に任せ腰を激しく突きあげる。

「あああああっ……だめっ！　そんなにされると……お願い、待ってよ。もっとやさしくして。ゆっくりと愛して欲しいの。そして、お互いに感じあいたい」

切なげに美貌を向けて柚希が止めてきた。

激情に任せ、急ぎすぎたようだ。公平は自らに「落ち着け」と言い聞かせながら、ゆったりした抜き挿しにシフトチェンジした。

「ぐふぅっ。柚希のおま×こ。僕のち×ぽにまとわりついてくる」

落ち着いて男根を出し入れすることで、女陰の締まり具合や、膣壁のヌルヌルした感触まで味わうことができた。

「ああん、いいわ。ゆったりと公平くんの大きなおち×ちんが擦れていくの」

憧れの美女の乱れていた呼吸が穏やかに整っていく。それでいて純白の女体は深い悦びに揺蕩うているようにも見える。純ピンクに上気して、汗にヌメ光っているのが何とも艶めかしい。

我慢たまらず、公平は上体を折り、双の掌を女体の脇から前方へと回した。

いまは釣鐘型に変形した乳房を下方から鷲掴む。ずっと触りたくて仕方がなかった乳房。美味しいモノを取っておくように我慢し続けた甲斐があり、公平の手を凄まじく悦ばせる。

「夢、だったんだ。柚希のこのおっぱいを一度でいいから、こんなふうに思い切り揉んでみたかった……！」

夢というより妄想に近い思い。それがこんな風に叶うなど、それこそ夢のようだ。容《かたち》のいい乳房がやわらかくも弾力たっぷりに両手の中で弾《はじ》けている。しこりを増した乳首が、心地よく掌底に擦れた。

「一度でも二度でも、好きなだけ弄んでいいよ……。勿体《もったい》つけるほど大きくもないし……。ああっ、おっぱい感じちゃう。公平くんのうれしい気持ちが柚希にも伝染して……ふひン!?　ああぁんっ!!」

「今回だけじゃないいんだねっ！　また、こうして柚希のおっぱい、揉ませてくれるのだね？」

「そ、そうよ……あはあっ、胸でもどこでも、好きにしていい……。その代わり、絶対柚希に公平くんの赤ちゃんを身籠らせてねっ」

「うん、判った！　子胤が尽きるまで頑張るよ！」

「そこまでして欲しいとは言ってなっ、ああっ！　んあっ、あはぁっ、んんん〜っ！」

公平はこの場限りの一期一会《いちごいちえ》と思い、少しでも長く柚希を堪能するつもりだった。けれど、そんなやせ我慢の必要もないと判った途端、一段、抽送のギアを上げた。欲望に任せた、本気の抽送だ。

「ああん、は、激しいっ！　公平くん、そんなに柚希が恋しかったの？　ずっと想いを残していたのね。あの頃とは違って大人になってしまったけれど、それでも柚希を愛してくれるなら、いっぱい愛して……っ!!」

牡に求められ、貪られる悦びに、才媛は心を揺さぶられているらしい。同時に、物理的にも子宮を揺さぶられ、鮮烈な愉悦に二十五歳の肉体と精神とを蕩かしていく。

「すごい濡れ具合だね。そんなに感じるの、僕のち×ぽに？」

「そうなの。公平くんのおち×ちんに、柚希、感じちゃうの。あうっ、あはぁっ」

明晰な頭脳もすっかり官能に支配され、恥ずかしい淫語も自然と口をつくようだ。

「清楚だと思っていた柚希が、こんなに淫乱だったとは驚きだよ」

そう言う公平の肉棒が、彼女の膣中で一段と膨れ上がった。まさに才女の淫らさが、さらに公平を牡獣へと変貌させている。

「ふしだらな柚希は、もっとおっぱいもして欲しいよね？」

再び公平は、双の乳房を鷲摑みにする。柔乳がひしゃげるほど揉みしだいた。

「ああっ、乳首が……」

行き場を失くした乳首が、指の隙間からひり出される。淡い色素のピンクが、硬くしこり尖っている。

指と指の間に挟まれた乳首をくにくにと転がされると、それに合わせて柚希の艶髪も汗を散らして舞い躍った。喘ぐ呼気が酷く切羽詰まったものに変わっている。

「して、して、もっとしてぇ！　イイの、イイのよ、たまらないのぉ！　突いて、潰して、柚希の奥もおっぱいも、いっぱいいじめてぇっ！」

公平が激しく男根を打ちこむたび、尻朶と下腹部が衝突する肉音が卑猥に響く。

「おおうっ。僕も、もうダメだ。我慢できないっ」

限界だった。いつもの元素番号も周期表も思い描けないほど、耐え難《がた》い射精衝動が込み上げている。

窓から挿し込む日差しは、まだ明るい。いま、このタイミングで射精しても、二回目を挑む時間は十分にあるだろう。公平は、そんな目論見をつけながら、忙《せわ》しなく腰つきを繰り返す。

「ああん。柚希もダメ。イキそうなの。ああ、そのまま公平くんの太くて大きなおち×ちんで強く愛してぇっ」

紅《あか》く頬を上気させた柚希が、両手をピーンとベッドに突っ張らせ、ロングヘアを振り乱しながら卑猥に叫んだ。

「それなら……一緒に……！」

一気に尿道が発火したような感覚を覚える。睾丸がせり上がり、全身に痺れるような快感が満ちていく。

「ああっ、来て、来て、柚希の奥に熱いのをぶちまけてぇっ！　めちゃくちゃにしていいから……。あひっ、飛んじゃう、また意識が飛んじゃうぅん！　おっ、おっ、んおおおぉぉッ！」

媚《こ》びきった牝の声を上げ、しこった乳首を若牡の掌に擦りつけ、覆いかぶさるような獣の押し入りに合わせて美尻を揺するその姿に、公平の昂りはマックスにまで振り切れる。肉体より一足早く、脳内で射精がはじまるほどの痴れようだ。

「ぐわあぁ、射精《で》るよ……。柚希、もう射精《で》ちゃうよ……ッ」

　肉欲に溺れ、公平に全身で甘えてくる柚希への愛おしさ。射精を予告した直後、彼女の子宮が限界まで降下したことを知覚した。無数の膣襞《ちつひだ》が淫らに蠕動し、いまにも弾けそうな勃起を締めつけてくるのだ。

「柚希もイク、一緒に、一緒にイッてぇ……あぁぁッ、イク、イク、イク……柚希、イックぅ～～っ！」

　射精衝動に膨らんだ亀頭で最奥を強く叩かれ、才媛が牝悦に達した。裸身を激しく息ませ、美肉のあちこちを悩ましく痙攣させて、至高の極みに身を任せている。

「ああ、凄い！　柚希、こんな凄いアクメ、知らない……。ああん、まだイクッ。イクぅ……。あああぁぁ……イクのが止まらない……あうぅぅイクぅ～～っ！」

　何度も繰り返し女体を引き攣《つ》らせてはイキ乱れる柚希。あられもなく絶頂するたび、女壺がぎゅっと引き締まり、膣襞が肉棒に絡みついてくる。

　まさしく子胤を搾り取ろうとする牝の本能に、どくんと肉棒が引きつった。熱く噴き上げるような悦楽が、砲身を迸り抜ける。ぐっと前に突きだした腰は、分身を根元まで埋め、亀頭部を子宮口に近づけるためのもの。

　皺袋が堅締まりして引き攣るたび、全身が粟立つような快感に引き裂かれる。

「ぐはあぁっ！」

公平は震える雄叫びを上げながら、一滴も余すことなく精液を子宮に注ぎ込んだ。

「あはあ、凄いっ。凄すぎちゃう……何これ……知らない、柚希、こんな深いアクメ、初めてっ……。あっ、あっ、目の前がちかちかしている、お腹の奥がきゅううぅんってなるのぉ……!!」

全身がバラバラになるかと思うほどの甘い衝撃が女体を襲っている。まるで力など入らずノーガードとなった子宮に注がれる牡汁の熱さは、たまらないらしい。

魂も肉体も全て――否、細胞の一片一片までもが、頂《いただき》に昇り詰めているのだ。

安産型の臀部が激しく痙攣し、失禁したかのような蜜液が溢れ出し、濃厚な精子とグチャグチャになりながら噴水のようにしぶいていく。

「あああ……ああ……」

ようやく公平が長い射精を終えると、柚希は絶頂に絶息しながら、どっとベッドに突っ伏した。

どのくらいそうして、激しい性交の名残《なごり》に浸っていただろう。ほんの数分にも、永遠にも思える。

やがて柚希がゆっくり振り返り、蠱惑的に緋唇を綻ばせる。

「ねえ。公平くん、もう一度して……。とっても気持ちがよかったから……」

満足の笑みを浮かべながらもコケティッシュに再び求めてくれる柚希だった。

第三章　孕みたがりレズカップル

1

「責任もって柚希を孕ませるから。それが僕の公務だから……」

お得意の台詞を吐いたのは、何も柚希とのセックスを正当化したいがためばかりではない。どちらかと言えば、公平のプライドの発露《はつろ》なのだ。

いつの間にか芽生えたこの仕事に対する使命感と責任感を言葉にしているだけだ。はじめこそ、こんな公務があっていいのかと、疑問を感じていたし、男娼にでもなったような嫌悪感も覚えていたが、いまはやりがいさえ感じている。

これは歴《れっき》とした公共サービスであり、少子化対策といった政策でもあると得心しているからだ。

　肝心なのは風俗とは違って無償のサービスであり、金銭の授受は行っていないことだ。

　唯一、ホテル代だけは、必要経費として負担してもらっているものの、少なくとも公平自身は金銭を受け取っていない。

　公務員としての給料のみが、公平の得られる収入なのだ。

　とは言え、柚希とセックスできることは無上の悦びであり、いくらこれが公務であると自らに言い聞かせても、淫らな下心が湧き上がるのを禁じ得ない。

　故に、義務的に公務を果たす（種付けする）だけでは収まらないのだ。

　実際、排卵日を過ぎ妊娠が判るまで二週間ほどかかるのだが、その間もずっと柚希とは肉体姦係が続いている。自然、その行為は濃厚なものとなり、しかも、逢うたびに一度では収まらないのが常となっている。

　いまも、ついさっき柚希の子宮にたっぷりと精汁を呑ませたばかりだというのに、肉棒を引き抜くこともないまま律動を再開させたところだ。

　人形のような端整な顔立ちと下品に粘膜を晒した膣孔とのギャップが、たまらなくいやらしい。桃色の媚肉は逞しいものに軽く小突かれるだけで、うれしいと言わんばかりに妖しく蠕動しはじめる。

たまらずに公平は正常位の体位から蜂腰をグイッと持ち上げさせてスレンダーな女体を二つ折りにして覆い被さり、屈曲位でぐいぐいと腰つきを繰り出している。

「せっかく撒いた子胤を零さないようにしなくちゃね。どうかなあ？　こっちの方がさっきよりもいっぱい擦れて気持ちいいでしょう？」

熟れて大きく実ったヒップを抱え込み、公平はピストンを激しくしていく。結合部からクチュクチュとふしだらな音が上がるたび、先ほど放出した牡汁や愛液が練り上げられ白く泡立って零れ落ちる。

「あああん、あっ、あっ、あぁん、いっぱい擦れちゃう……。あはあん、柚希の気持ちいい処にぃ……。あッ、ああん!!」

自らの敏感さにいちばん驚いているのは柚希本人のようだ。この数日、かつて味わったことのない快感にずっと翻弄されっぱなしなのだ。

かつて恋心を抱いたクラスメイトは、官能のすすり啼きを零しながら、そのことを何度も繰り返し公平に聞かせてくれるのだ。

「柚希、こんなに淫らじゃなかったのに……。公平くんのこと忘れられなくなっちゃうじゃない……。あはあ、セックスがこんなにいいものだなんて、もっと早く知りたかった……おうん、おおおおぉ」

「遅いなんてことないじゃん。気持ちのいいセックス、僕と何度でもしようよ。いっぱいイかせてあげるから……。柚希に悦びを与えることも僕の公務だし」

「イキたい……。気持ちよくなりたい……あはぁ、柚希を天国に連れて行ってぇ」

巨根で膣道を大きく拡張し、張り出した肉エラで左右の壁を深く抉《くじ》る。

重々しい突き入れを喰らうたび、整った美貌が官能に歪み、妖艶なまでのエロ美しさを纏っていく。腰骨がジーンと痺れるような感覚に、緋唇も閉じられないようで、絶え間なく甘い喘ぎを噴き零している。

「そうだね。天国にイキたいよね。じゃあ、もっと感じてもらわないと……」

柚希の肉孔は収縮と弛緩を繰り返しながら、鋼《はがね》のような公平の肉棒を喰い締める。毛穴から噴き出す汗で白い女体は桃色にけぶり、細腰がブルブルと痙攣を繰り返す。

「はぐっ、ほおぉッ……！　もうすぐッ！　あぁ、もうすぐ天国に‼」

自分という存在がバラバラになる予感に、柚希は身も世もなく牝獣じみた声をあげ啼き啜る。

「お、お願いッ！　公平くんの濃い子胤をまた柚希の子宮に……！　おほおぉぉ……。孕むから……公平くんの赤ちゃんを孕んでみせるからっ」

柚希の言葉に、今更に公平は再認識した。今、自分が行っているのは生殖行為であることを。そして、柚希が公平の子を身籠ろうとしている事実を――。

「そうだよね。僕の子を柚希が産んでくれるのだよね。こんなにうれしいことはないよ。だから気合を入れて特濃の子胤を注ぐね。子宮の奥で僕の愛情を感じてね」

性悦によがりまくる元クラスメイトの美貌をうっとりと拝み、公平は指と指の隙間に乳首を挟み、握り潰すように乳房を捏ね回しながら律動を繰り返す。上から打ち下ろす肉棒が明らかに膨らみを増している。官能に痴れた公平の息遣いは、はっはっと間隔を狭め、コトの終わりを告げていた。

「ああ、公平くん。来るのね。柚希の子宮にまた一杯撒き散らすのね……。柚希もイクわ。あぁ、イク、イクぅ～～っ！」

何という悦楽。何という快感。何という官能。この世のモノとは思えないほどの快楽を公平も味わっている。恐らく、それはあの頃に叶わなかった劣情が、突如として遂げられた故に相違ない。未練や後悔のようなものが浄化《じょうか》され、そのカタルシスが性悦と結びついて多幸感を生むのだ。

お陰で頭の中が桃色に染まり、もう、肉悦しか考えられなくなっている。

ヒイヒイとよがり啼き、発情期の牝猫のように、あられもなく腰を振る柚希に、公平も一匹の獣と化して腰を振り立てている。

「あぁ、イクわ。柚希、またイク……。おおおおぉ、柚希はふしだらね……こんなに乱れてしまうなんて……あぁ、でも気持ちいいの……おま×こ痺れちゃうの……」

汗と涙と涎《よだれ》でドロドロの美貌は、千々に乱れた髪が額や頬に張りつき、瞳は虚ろで、半開きの唇から舌がだらしなく垂れていた。清楚で理知的な才媛らしからぬアへ顔だ。

「あぁ、柚希のイキ貌、エロいにも程があるよ。なのに、どうしてこんなに美しいのだろうね」

無惨によがり崩れた媚貌。にもかかわらず、まるで女神のように美しい淫らな姿に公平は感動し、さらに発情する。

どうしても柚希を孕ませなくては気が済まないどす黒い欲望がトリガーとなり、公平に射精発作が起きた。

「ぐおおおおぉっ。柚希、射精《だ》すよ。柚希のま×こに……。柚希も一緒に、イこう！」

ギリギリまで肉棒をひり出すと、反しの利いた肉エラがチュッと力強く蜜液を吸い上げる。反転。とどめとばかりに、勢いよく突き入れ、鈴口でどちゅんと子宮口を叩いた。途端に、柚希の裸身がギリギリとしなる。

「あひいいいぃいッ！」

絶叫とともに才媛の腰が弾けた。高速で上下する股間の奥からブシュッと水音が漏れると、たちまちに放物線を描いていやらしい汁が撒き散らされる。

絶頂の業火に炙《あぶ》られ、女体のあちこちに淫らな痙攣が起きている。

収縮する襞肉にキュッキュッと絞りこまれ、ついに公平も噴射を開始した。

「ああ、いいよ。柚希のま×こに射精するのすごく気持ちいい！」

「あはぁ……柚希もいいの……熱い精子気持ちいいっ！　おほぉ、またイクっ！　イク、イク、イクううううううぅ～～っ！」

胎内に拡がる精液の熱さに、蕩けた表情を見せる柚希。ひくつく女陰もはっきりと悦びを表している。迸る精液に肌を粟立て、骨の髄まで快美に痺れきっている。

柚希は、「イク……ああっ、イクっ！」と、のけぞっては喚《わめ》きたて、恐ろしいばかりの官能の波に溺れている。

「ああっ、イクっ！　イッちゃうっ！　ダメえええええッ!!」

絶頂の発作に全身を揉まれながら柚希は、公平が弾けさせた熱い牡汁をグビリグビリと子宮口で呑み干している。幾度となく襲い掛かる快感の波に、ヒイヒイと喉を絞っては、のけぞったまま痙攣し続ける。公平が目にした中でも、№1と言えるほど凄まじくもふしだらなイキ様だった。

2

「詩乃さんとこうしてミーティングをするのも久しぶりですよね……。ってことは、そうか。柚希……さんが、孕んだのですね？」

キユッと括れた腰から連なる婀娜っぽい熟腰を強く掴み、まるで蒸気機関車が始動するかのような、ゆったりとした律動をはじめた。

結合部からクチュクチュクチュという音があがるほど、愛液が溢れ出す。

「そ、そうなの……。公平くん、やっぱり察しがいいわね……。あっ、あぁん、ああっ、あん」

前回の逢瀬の時、柚希の微笑に何かを感じた瞬間があったが、どうやらそれが別れの予兆であったらしい。

瑞穂の時ほど衝撃はないが、それは少し免疫がついていることと、今回もこうして詩乃がしっかりとケアしてくれるお陰であろう。

同時に、いまの公平は感傷に浸っている余裕もない状況にあるのだ。

公平の評判を聞きつけた女性たちから、引きも切らず依頼が殺到している。

結局、柚希との妊活は二か月に及んだが、このひと月ほどは並行して、他に三人の女性にも種付けをする有様だ。

お試しの制度に急遽駆り出されたのは公平独りであり、わずか四人の依頼人が並行しても、できたての特命課としては盛況と言える。

どこからこんな公共サービスを聞き付けたのかと公平は首を傾《かし》げたが、どうやら情報の発信源は瑞穂であるらしい。

あんなに肌を交わしても、結局、瑞穂はその素性を明かさぬままだった。けれど、どの女性もセレブ階級に属しているようで、そういった人たちにこれだけの影響を及ぼすということは、瑞穂はそれ以上の階層に所属しているのかも知れない。

「想像以上に若くてカワイイ男の子が、一生懸命に奉仕してくれるって聞いていたけど、噂に違《たが》わぬ仕事振りで満足できたわ……」

半ば、欲求不満の解消にサービスを利用しているのかと思わぬでもないが、〝カワイイ男の子〟扱いされるのは面映《おもは》ゆい。しかも、いずれ劣らぬ美熟女たちから口々に満足を告げられて、公平も充実感を味わっている。

とは言え、瑞穂からの紹介があっても、ほとんどの女性がいざとなると躊躇いを見せる。そんな時には「公務執行妨害です」と、相手の背中を押して、種付けを済ませた。

「今日もサービスをお願いできるかしら？」と指名を受け「孕ませるまで責任を持ちます」と関係を続けることも当たり前になっている。

それ故に、詩乃とのミーティングもご無沙汰になっていたのだ。

むろん、本当の意味でのミーティングはきちんと行っているが、こういった二人きりの不適切なミーティングは、めっきり回数が減っていた。

「ああ、やっぱり詩乃さんのおま×こ、気持ちいいなあ。くぅ～～っ。抜き挿しさせるたび、どんどん締まってきます」

「ああン、いやよ……。いつも公平くんは、そうやって詩乃を辱めてばかり」

紅潮した頬に汗の玉を浮かべ、微熟女が色っぽく何度もかぶりを振っている。蜜壷をゴツゴツと血管の浮き出た肉棹で擦ると、敏感な女体が燃えあがるのに時間はかからない。

「ああっ、ダメ……。そんなに擦られたら気持ちよくなってしまう……ああっ」

公平はピストンをどんどん激しくしていく。

「気持ちよくなってもいいじゃないですか。すっかり僕は、詩乃さんの感じやすい部分を知り尽くしているのですよ」

言葉通り的確に詩乃の啼き処を攻めながら、公平は美人課長の唇を奪おうとした。

「あん、まだ、それはダメッ……。ミーティングが済んでいないのに」

肉悦の渦に囚われつつも、まだかろうじて理性が残っている。美人上司は火照った顔を懸命に振って部下の唇を避けた。

もはや公平は焦《あせ》らない。熱っぽい上目遣いで反応を窺《うかが》いながら、詩乃の首筋を舐め、鎖骨の窪みにたまった甘い汗を啜る。舌と唇で柔肌を懐柔しつつ、腰ピストンを強めていく。

「あぐぐっ……ひっ……あぐぐぐっ」

微熟女の腰が震えだした。ふしだらな声をあげまいと必死に朱唇を噛みしめている。迸りそうになる嬌声を抑えるため口を手で押さえようとするのを、咄嗟《とっさ》に公平はレイプよろしく、その両腕を万歳の形に拘束した。晒された腋下の窪みにも、舌をナメクジのように這いずりまわらせる。

むろん、そこが詩乃の性感帯の一つであることは承知の上だ。

「あはあっ！」

案の定、分厚い舌の感触は、燃えあがった女体にはたまらない刺激だったらしい。

リズミカルに女膣を抉る淫らな腰の律動と、愛情たっぷりに絹肌に這わせるヌルヌルの舌と唇。美人上司の弱点を知りつくした責めに、成熟した女体が耐えられるはずもない。

這い回るナメクジのような舌が、脇から乳房へと這いあがり頂点の蕾《つぼみ》を啄むと、「あぁ〜んっ！」と甘い声を噴き零し、詩乃の身悶えは一段と激しくなった。

蜜腰が捩れて痙攣し、開脚した足の爪先を扇情的に反りかえらせている。

「すっかり詩乃さんは、僕のち×ぽの虜ですよね。イヤ。ち×ぽ中毒かな……？　こんなふうに嵌められるのが好きそうだもの」

「そうよ。好きよ。好きなの……。詩乃は、公平くんのおち×ぽの中毒になっているの……」

望み通りの返答に、公平は詩乃を見おろしてサディズムの悦楽に浸った。

役所では知らぬ者はない名花も、今は見る影もなく淫らな姿をさらしている。

部下に両腕を拘束されたうえに下肢を大股に開脚し、公平のピストン攻撃を躱《かわ》すこともできずにいる。

「実は、僕もです。こんなに具合のいいおま×こで癒されているから……。詩乃さんのお陰で、僕はこんな公務を正気でこなせるのです！」

温かくヌラヌラする粘膜に甘く怒張全体を擦られ、公平は本音を吐いた。

正直、詩乃とは、よほどカラダの相性がいいのだろう。何度、肌を重ねても飽きが来ないどころか、その良さを再認識させられている。

温かな膣襞はぴっちりと肉茎を包み込んで、抜き差しをするたびにまるで長い間恋人同士であった如く濃密な収縮を返してくる。亀頭部を肉襞に舐めまわされ、肉棹を膣肉にあやされ、根元部を膣口に喰い締められて、天にも昇らんまでの陶酔を味わわせてくれるのだ。

「ああ、いいよ。本当に気持ちいいっ！　詩乃さんも、もっともっと気持ちよくなってください！」

「ああん。ダメなのにぃ……。次のお相手のことで、まだ相談が……あうぅっ！　あ、でも、もう何も考えられない。公平くんに、もっと気持ちよくさせて欲しいと……おほぉっ！　し、詩乃のおま×こが切なく疼くのぉ〜っ!!」

おんなっぽい肩先をくねらせ、美人上司が啼き叫んだ。

圧倒的なまでの官能美を放つその姿を見つめつつ、公平はなおもリズミカルに抽送させる。詩乃に寄せる熱い想いそのままに分身は極太に膨れ上がり、複雑に折りたたまれた肉襞を捲《まく》り返していく。

再び体を折り公平は、キスしようと顔を近づける。

「いいですよね。詩乃さん」

「キスして、公平くん。熱い口づけで、詩乃の心まで蕩かして。お願い！」

今度は従順に美貌を頷かせ、自らも唇を求めてくれる。

公平は、焦らされた劣情をぶちまけるように、ぴたりと詩乃の美唇を塞《ふさ》いだ。勢いのまま分厚い舌を伸ばし、朱唇を割って口腔に滑り込ませる。

「んふぅっ」と情感の込められたくぐもった声を美人課長が漏らす。

「好きだよ、詩乃さん！　僕は、詩乃さんが大好きだ。愛しているよ」

感きわまった声で告げてはキスを繰りかえす公平。微熟女の口はしっとりと甘く官能的で、チューチュー吸いあげると恐ろしく激情が込み上げてくる。

対する詩乃も悦びを露わに、美貌を艶めかしく多幸感に染め上げている。

「本当に詩乃さんを愛している。詩乃さんのためならなんだってするっす！」

やわらかな乳房を揉み上げては揺さぶり、公平はなおも愛の告白をつづける。

粘っこく口を吸われるうちに、詩乃は心まで蕩けたようだ。おんなの急所に埋め込んだ剛棒が熟れた肉体を溶かし、熱烈な言葉と繰り返す口づけに美人上司の瞳はトロンと甘く潤んでいく。流し込まれる唾液さえ嚥下して、身も心も公平に捧げてくれるのだ。

「判ったわ……もう公平くんの想いは、十分伝わったから……。詩乃も素直になるわ。あなたのことが好き。愛しています」

美人課長がハアハア喘ぎつつ言った。素直に心を通わせた悦びと興奮に理知的な顔立ちが熱く火照って、それが余計に艶めかしく映る。

「うおぉっ！　詩乃さんが僕のことを好きだって、愛していると言ってくれた!!」

凄まじい多幸感に満たされ、公平はまたも美人上司の唇を求めた。

べったり舌と舌を絡ませ、ヌチャヌチャと淫靡に粘液感を楽しみ、あるいは激しく舌を吸いあげながら、結合させた下半身を小刻みに揺さぶる。

これまで濃厚に責めまくられて、すでに性感を溶かされている詩乃が、たまらずに愛らしく鼻を鳴らしている。

「いいよ、詩乃さん。くぅ〜っ。どんどん喰い締めてくる」

「ああン、いやぁ……」

愛を認め合う仲になったからこそ、新たな恥じらいが生まれる。急に可愛らしくなった美人課長に、公平の心臓がキュン死した。

「詩乃さんがカワイイ！　おわぁ。またおま×こが締まった。恥ずかしがらずに、もっと啼いていいよ。詩乃さんの淫らなイキ貌をまた僕に見せて！」

キスの合間に耳を舐めなめ、囁きかける。

そうして深奥まで合致させせた男根で巧みに蜜壺を掻き回すと、詩乃がこれまで以上に艶っぽい音色で啜り啼いた。

うっとりとその媚喘ぎ声に聞き惚れながら、ここぞと公平は重いストロークを叩きつけた。

「ああうっ、いやン、あンン……。あっ、あっ、あぁん」

その表情にムンと官能味を漂わせ、詩乃がよがり啼く。

上司として年上のおんなとして、その両方の矜持をかなぐり捨てて、涕泣《ていきゅう》を溢れさせ、美貌を真っ赤に染めている。

「乱れる詩乃さんも素敵だよ。こんな貌、僕だけが見られるのだから男冥利《みょうり》って、こういうことを言うのだろうね」

天上の人だった美人上司、榊原詩乃が身も世もなく公平の分身によがり狂うのがうれしくてたまらない。これからはレクチャーを受ける身ではなく、対等の恋人同士として詩乃を抱くことができそうに思えた。

「ああん。こんなにはしたない詩乃を軽蔑しないでね……。ダメなの……。我慢できないの……。気持ちよすぎておかしくなってしまいそう」

羞恥する詩乃を他所に、公平は容赦なく男根を子宮近くへ叩きつける。

濃艶な裸身にピーンと緊張が走り、ややあって絶叫が迸る。

「ああん、いやっ、うあっ、ああっ」

「イクの？　もうイクんだね。ほらほら、イッちゃっていいよ」

いったん兆したオルガスムスの発作は、もう止められるはずがない。下半身を淫らに震わせる詩乃の狂態を見つめ、なおも公平は熱く律動させる。

「射精《で》るよ、詩乃さん、ぐおおおぉ、射精《で》る！」

収縮する襞肉にキュッキュッと絞りこまれ、ついに公平も噴精を開始した。

「おお、すげえ気持ちいいっ！　詩乃さんに射精するのヤバいよ!!」

「きゃうう……イクぅっ！　公平くんの熱い精子で、詩乃、またイクのぉ〜〜っ！」

体内に精液を注ぎこまれた衝撃に、理知的な美貌をトロトロに潤ませ、女体を艶めかしくビクンビクンと痙攣させて、詩乃が巨大な快楽の渦に呑みこまれていった。

3

「えーと。初めまして。少子化対策室特命課の種田公平です。橋本菜月《はしもとなつき》さんと大塚千《おおつかち》尋《ひろ》さん、ですよね」

相も変わらず、いつものホテルの一室。けれど、いつもと大きく違うのは、依頼主がふたりであることだ。

「今度の案件は、ちょっと難しいかも……」

やや不安げな表情で詩乃が持ってきた今回の妊活依頼は、なるほど公平も難しいと思う案件だった。

その依頼主は、同性愛者であり、それでも子どもを望むカップルだと知らされたからだ。しかも、そこに輪を掛けて、さらに厄介な注文が付いていた。

「パートナー立ち合いの元、妊活したいそうなの……」

すっかり公務にも慣れた公平であっても、さすがにその注文には腰が引けた。

「それムリですよ。パートナー立ち合いの元って、つまり第三者が見ている所で種付けするわけですよね？　そんなこと、とても……」

正直、AV男優でもない限り、達成できるミッションではないように思えた。

相手を気持ちよくさせることはおろか、種付けでさえ自信がない。当事者以外の眼がある中では、勃起もママならないかもと予想できるからだ。

「大丈夫。いまの公平くんならできるわよ。励んで頂戴《ちょうだい》！」

心配そうな表情を浮かべながらも、どこか詩乃には面白がっている節がある。それが癪《しゃく》に触り、公平は逆襲の律動を食らわせ美人上司を絶頂させた。

「それでも公務だから……」と詩乃に促され、やむなく公平はレズカップルの前に、こうして立っているのだ。

橋本奈月二十七歳と大塚千尋二十八歳のふたりは、半ば緊張した面持ちで、公平のことを値踏みするように見つめていた。

部屋に招き入れてくれたのは、ショートボブのよく似合う活発そうな女性。どこか中世的な顔立ちながら、よく見ると目鼻立ちがはっきりしていて美しいと感じさせる容貌をしている。クールビューティとでもいうのだろう。

縦に長く感じさせる卵型の輪郭と目や頬などの各パーツが、直線かつ骨っぽさを持っている。口も含めて、どのパーツも大きめであるところが、華やかさの源泉だ。

身長も170センチはありそうで、女性としては高い方。モデルのようなスレンダーな体型とクールな顔立ちが絶妙にマッチして、ある種近寄りがたさを感じられる。

それでいて痩せぎすではなく、健康的に出るべきところはしっかりと出ている。

(どうやらこの子が、妊活希望の娘か……。中々に美人かも！)

公平が、そう考えるのも不思議はない。彼女は、黒い下着姿で公平を出迎えてくれたからだ。

美しい鎖骨がくっきりと表れたデコルテの滑らかそうに艶光した絹肌。乳房は日本人女性の平均的な大きさで、Ｃカップくらいであろうが、黒のブラカップから露出したふくらみの色艶は、見た目にも極上であることが窺える。

しかも、鋭角に腰部はくびれ、そこから臀部が安産型に張り出している。その脚もモデルのように長く細く美を極め、絶妙に男心をそそるのだ。

比較して申し訳ないがスタイルのよさでは、柚希でも敵わないように思えた。

（うん。この娘なら勃《た》たないなんてことはないかな……）

内心に安堵した公平だったが、数秒もしないうちに困惑することになった。

部屋の奥に招き入れられると、大きなダブルベッドの上で、しどけなく足を投げ出し、横座りするもう一人の女性も下着姿だったからだ。

ただしこちらの彼女は、白いキャミソールに同色のパンティと肌の露出は少ないものの下着姿には違いない。

（えっ！　彼女まで下着姿って、何で……？　いやいや。ベッドの上で待っているってことは、こちらの方が当事者ってことか？）

出迎えてくれた彼女より小柄ながら、こちらの彼女の方がグラマラスに違いない。

しかも、彼女の方が、格段に妖艶なのだ。

男好きのする適度な肉付きは、いわゆる健康的というのともちょっと違い、すべすべとやわらかそうなムッチリ感がギリギリのラインで魅力となっている。抜けるような色の白さも、その妖艶さに関係しているのだろう。

長い素直な髪が背中にまで垂れている。顔立ちは小づくりで愛らしい。前髪にアクセントをつけているが、かえってそれが控えめで上品な感じがする。

透明感のある素肌と白いキャミソールが清楚さを醸《かも》し出し、その色っぽさを引き立てている。

(にしても、二人とも下着姿だなんて……)

ふたりはレズビアンのカップルなのだから、事務的に手早く種付けされることを望んでいるのであろうか。けれど、それであれば妊活サービスを受けるどちらか一人が下着姿でいればいいはずだ。

「私は大塚千尋です。そして、こっちは橋本菜月……」

硬い表情で口を開いた千尋が、黒い下着の女性。そして白い下着姿が菜月。こちらの方は、俯き加減にどこかふてくされているようにも見える。

「それで、えーと……。どちらと妊活をすればいいのでしょうか？」

おずおずと手を上げたのも千尋。半ば怖気《おじけ》づいている様子で、さすがに公平もこれはムリかと危ぶんだ。

「一応、申し込んだのは私だけど……。私たちは赤ちゃんが欲しいだけなの。この妊活サービスを利用すると、税金や医療費の控除が増額されると聞いたから……」

よくよく話を聞くと千尋の名で申し込みは出されているものの、どちらが身籠るかは決めかねているらしい。しかも、いまだこの妊活サービスに菜月は納得しきれていないようだ。

いまや公的予算を支出してでも、女性に子供を産んでもらわなければならないほど、少子化はひっ迫している。

けれど、特命課の課長であるやり手の詩乃は、既存の補助金程度では抜本的な少子化対策にはなり得ないと認識していた。だからこそ、その既存の制度と妊活サービスを紐づけして、さらに補助金を数倍にも膨らませる仕組みを認めさせたのだ。

当初、この妊活サービスを受けるには、そのような補助金などなくとも子供を育てられるだけの経済的余裕と教育環境が整っていることが必須条件だったが、〝抜本的な対策〞を考えるなら経済的補助も必要と遅ればせながら手を加えたのだ。

特に、千尋と菜月のような若いＬＧＢＴのカップルには、その経済的な条件を満たさなくともサービスを受けられるよう優遇される仕組みになっている。

おかげで彼女たちも、このサービスを利用する気になったのだろう。

「失礼な言い方だけど、種田さんには子胤だけ頂ければ……」

事情を説明する千尋に、不意に菜月が顔を上げ、口を開いた。

「私やっぱり納得できない。千尋ちゃんが男とセックスして妊娠するだなんて……。私だってふたりの赤ちゃんは欲しいけど、それなら私が……」

その美しいアーモンド形の瞳には、しっかりとした決意が満ちている。

こうして見ると、なかなかに上品でフェミニンな顔立ちだ。

やや下膨れ気味の輪郭は、まさしく甘い顔立ちの典型のよう。目や口などの各パーツは、どれも大きめで人目を惹く華やかさを持ち合わせている。鼻筋も綺麗に通り、シュッとした美人のそれだ。

「だから、それは何度も話し合ったじゃない。経済的には、ふたりの収入があればなんとかなりそうだけれど、その他にも、いろいろな面で国の補助や支援が大きいこの制度を活用した方がいいって……」

脇で話を聞いていて、千尋と菜月の論点が微妙にずれていることに気づいた。

「横合いから口を挟むようで申し訳ありませんが、だったら、どうでしょう。いっそのこと二人とも妊娠しては……」

公平の提案に、二人の美女が面食らった顔を一斉にこちらに向けた。

「お二人がこうして下着姿でいるのは、どちらかひとりに恥ずかしい思いとか、嫌な思いをさせたくないからではありませんか？　だったら妊活も、お二人ともお受けになるのはいかがでしょう？」

恐らくは、二人共過去に男性経験があるのではないかと、公平は感じていた。さもなくば、こんな風に下着姿で待つこと自体、抵抗を感じるように思われるのだ。

第六感というよりも観察眼により、そう察した公平は、ふたりとも妊娠させようと判断したのだ。

「ふたりで妊娠してしまえば怖くないでしょう？　もちろん公的援助は二人分、認められます」

困惑した表情の二人に、ダメを押すように訊いてみると、割と素直に千尋が、遅れて菜月もこくりと頷く。

わずかに菜月が視線だけを動かして、千尋の貌色を窺っている。千尋と目が合いそうになった途端、菜月は視線をまた逸らした。その菜月の様子を今度は千尋が窺っている。

そんな二人の様子に公平はピンとくるものがあった。

（なるほど。お互いが僕にというより、男に靡《なび》かないかを心配してるんだ。どちらが身籠るかが問題じゃなく、どちらが男とセックスするかが問題って訳か……！）

それほど千尋と菜月は、互いを愛しているのだ。その愛を守りたいが故に、いらぬ心配をしているのだろう。それが人間の業というものなのかもしれない。

「それでは、三人でいっぱい愛し合いましょう。いっぱい気持ちよくなった方が妊娠しやすいのですよ。これは僕が担当した皆さんもそうでした。まずは、千尋さんからにしましょうか。菜月さんは、僕の手伝いをしてくださいね」

三人でするのは、公平もはじめてながら、千尋と菜月の不安を取り除くにも、また納得させるためにも三人での妊活を薦めた。

それが功を奏し、案の定、菜月と千尋はさっきよりも力強く頷いて、公平にやわらかい微笑を返してくれた。

4

「お手伝いって、どうすればいいのです？」

はじめて前向きな発言をした菜月。その表情は先ほどまでの鬱勃《うつぼつ》としたものから明るいモノへと変化している。

(判りやすい娘だなあ……)

公平は心の中でクスリと笑ったものの、その素直さに好感を持った。

「じゃあ、まずは感じやすくするためにマッサージでもしましょうか。血流をよくすると肌が敏感になり、感じやすくなるのですよ。それにはマッサージがもってこいです。菜月さんは、誰かをマッサージしたことありますか？」

菜月に話を振ると、こくりと小さく頷いた。こうしてコミュニケーションを取ることで、気心が知れて信用も得やすくなる。

「うん。あるよ。両親とか祖父母とかに。こう見えて結構うまいのだから……」

てきめんに菜月の口調が変わる。思いの外、打ち解けるのが早い。本来の彼女は、人懐こい性格のようだ。

「では、早速、千尋さんはベッドの上にうつ伏せに寝てください。菜月さんはその背中をマッサージしてくださいね。最初は、普通でいいですから」

「普通でいいって、私、普通にしかできないから……」

そんなことを言いながらも従順に菜月は、公平の指示通り千尋の背中にマッサージを施していく。公平のマッサージの腕は、むろん詩乃仕込みだ。

「自然なスキンシップは、互いの距離を縮めるのにぴったりなのよ」と、例によって手取り足取り教わったものだ。

かつては世を拗《す》ねて斜《はす》に構えてはいたものの、本来はまじめで凝り性な公平だから上達は早い。何せ女性を悦ばせるための術でもあるから、ネットや本を読み漁《あさ》り独学もしている。

「んっ……んんっ……」

千尋の背中を菜月が軽く圧迫するたび、小さな鼻翼から艶めいた息が漏れる。性悦の吐息とは異なるものの、美しい女性が漏らす呻きに公平のスケベ心が疼く。

たまらずに公平も千尋のふくらはぎに手を運び、念入りにマッサージをはじめる。

美しい肌のあちこちを大っぴらに撫でまわすことができるのだから参戦しないわけにはいかない。

「痛いですか？　強すぎたら我慢せずに言ってくださいね」

「んっ……。んふぅ……。んん……。ああ、気持ちいいです……」

より喘ぎ声に近づいた悩ましい息遣いに背筋をゾクゾクさせながら、公平はやさしく愛情たっぷりに揉み解《ほぐ》す。菜月も千尋の首や肩まで丁寧にマッサージしていく。

「あん、そこ、くすぐったい……」

突然、女体がびくんと悩ましい反応を見せたのは、公平の手指が内もものあたりをまさぐった瞬間だった。

艶めいた反応を露わにしたことに千尋自身が驚いたようで、恥ずかしげに美貌をベッドに伏せている。むろん、公平の手指は、千尋の感度を測るための確信犯だ。

「千尋さんは、くすぐったがりなのですね……」

色っぽさ１００％のリアクションに、公平は悩殺された。

「でも、くすぐったいのは、それだけ敏感ってことでしょう？　くすぐったい場所って敏感だからそう感じると聞いたわ。それに慣れると今度は快感になるんだって」

どこで仕入れた情報なのか、千尋同様に菜月も頬を紅潮させながら、そんなことを言いはじめる。

彼女も千尋がデリケートな場所を触れられていることにエロチックな連想が働いたのだろう。その口調からも、彼女の高揚が伝わった。

「んっ……んふぅ……はふぅ……。た、確かに、だんだん気持ちよくなって……」

千尋の反応に艶めかしさを感じながら公平は、ひざ裏から鼠径部《そけいぶ》にかけてのリンパマッサージを繰り返す。

それも今度も確信犯的に、鼠径部で止めるべき手指を千尋の股間にまで滑り込ませ、黒い薄布の船底を覆うようにして止めた。

「ほううんっ……！」

掌底が局部に触れた途端、快美な電流が女体を貫いたのだろう。あまりにも悩殺的な牝啼きを晒し、千尋の女体がエビ反った。

「あぁっ、いやぁん！　わ、私ったらなんてはしたない声を……」

抜き打ちのような性悦に、耐えきれなかった自分を千尋は恥じ入っている。そこには、はじめて逢ったばかりの、それも男の手に反応してしまったのだとの困惑も混じっているようだ。

にもかかわらず公平は、その股間から掌を離すことも忘れ、魂を抜かれたような表情で呆けていた。あまりにも官能的な喘ぎに、すっかり魅せられてしまったのだ。

「あ、あの種田さん。お願いですから、そこから手をどけてください！」

黒い下着の船底にあてがわれた公平の手指に、慌てたように太ももを閉じ、身じろぎしている。それ以上の侵入を拒むような反応でもある。

けれど、その動きは闖入《ちんにゅう》した掌を股間に挟み込む行為であり、自然、公平の手指はさらに千尋のふっくらした秘部に押し当てられた。

「あん……。だ、ダメです……そんなところ……」

ほぼ自爆に近い千尋の嬌態に、公平は心中に快哉《かいさい》を叫んだ。これほど成熟した色香を湛えているのに、こんなに初心《うぶ》な女性には、滅多にお目にかかれない。

「い、いいじゃん。エッチな声をあげたって……。気持ちがよかったのでしょう？　千尋ちゃん、種田さんの手で感じているのよね？」

そんな二人のやり取りを無言で観察していた公平をさらに菜月が唆《そその》かす。

「種田さん。もっと千尋ちゃんがエッチになれるマッサージない？　千尋ちゃんがもっと気持ちよくなれるやつ……」

菜月の扇動に、千尋が悲鳴のような声を上げた。

「だめよ。種田さん！　菜月も、どうして？　私を困らせるようなことはやめて！」

「だって気持ちよくなる方が身籠りやすくなるのでしょう？　ふたりの赤ちゃんを千尋ちゃんが産むためだもの」

「だ、だからってこんなこと。あまりに恥ずかし過ぎるわ。だから種田さんやめて、後戻りできなくなっちゃう……」

怯えるような千尋の眼差しと菜月が吹き込む蠱毒《こどく》に、公平の獣性が刺激された。

千尋のパン生地のような内ももと股座に挟まれている感触も、公平を淫らな行為に傾かせていく。

「いいから種田さん。千尋ちゃんを気持ちよくしてあげて。イかせてあげて！」

菜月の目には、やさしさがある。愛がある。それが理解できたから公平は動いた。

公平は、手首を締め付ける千尋の股間から、あえて掌を抜き取った。

「種田さん、判ってくださったのね」

千尋の安堵の声に、菜月の非難の声が重なる。

「あん、ダメよ。種田さん。どうして？」

「いいから菜月さんは、千尋さんの上からカラダをどけてください」

千尋の背中に馬乗りになっていた菜月が、公平に促され慌ててその場を退く。それを機に、公平は千尋の女体をいとも容易く転がし仰向けにさせると、さらに双の掌でおもむろにその胸元を覆った。

「きゃぁっ！　ダメですっ！　胸なんて触らないで……」

慌てて逃れようとする千尋に、公平は「しー！」っと、静寂を促した。

「千尋さん。これもマッサージです。バストアップ効果も期待できますよ……。でも、このマッサージなら、菜月さんからの〝もっと気持ちよくなれるやつ〟とのリクエストにも同時に応えられるのです」

本来であれば、邪魔なブラジャーを脱がせ、直接、乳肌に施術したいところだが、まずは焦らす意味もあって、いきなりそうはしない。

公平は、黒い下着の上から腋の下と横乳の境目あたりに手をあてがった。

「あぁんっ、ダメぇ。たとえそれがマッサージでも、おっぱいを触っちゃ……いやっ！」

口では抗議しつつも逃れようとしない千尋に、公平は掌全体をふくらみの側面から副乳のあたりにあてがい、手の温もりでやさしく温めていく。

（これが千尋さんのおっぱいの感触か……！）

人一倍、おっぱいフェチの公平だけに、見るからに美乳である千尋のバストに触れてみたい願望が強くあった。図らずも、予想よりも早くその望みが叶った。

仰向けに横たえられた女体。ブラカップに支えられずとも、これだけハリのある肌であれば、美しいお椀型を留《とど》めさせるであろう。それでいてふかふかほこほこにやわらかく、マシュマロのよう。そのやわらかさこそが成熟の証《あか》しだ。

しかも、乳肌にもうっすらと発汗しているせいか、膚下から立ち昇る馥郁《ふくいく》とした芳香もたっぷりと吸うことができた。

「あぁ、なんていい薫り……。これって千尋さんのおっぱいの匂いっ？」

あまりの絶景と薫香に、思わず我を忘れそうになる。

アラサーの乳房とはいえ、まだまだ瑞々しくピチピチ感もある。やさしい反発力が、心地よく手指の性感帯を刺激してくれた。

「何よぉ。種田さん、だらしのない顔をして……。そんなに千尋ちゃんのおっぱい気持ちいいの？」

言い募るように菜月がふくれっ面を向けてくる。やはり千尋を取られたような気分になるのだろう。紛れもなく、それは悋気《りんき》だ。公平がふくらみを手で覆ったきり、ただじっとしているのが、面白くないのだ。

「うふぅっ、んんっ……な、何かしら……この不思議な感覚は、やさしく覆われているだけなのにっ！」

むろん、公平は意味もなく乳房に触れている訳ではない。その効果がようやく表れてきたようだ。

「えっ。何なに？　どんななの？　気持ちいいの？」

額に汗を滲ませ、うっとりとした表情を浮かべる千尋に、菜月は興味津々《しんしん》に訊いている。

「こうして温められると気持ちがいいのですよね。僕が、こうしておっぱいに熱を持たせているのは、これがおっぱいをより敏感にさせる方法の一つだからです」

「敏感にって、おっぱいを？　そんな方法あるんだぁ……」

感心する菜月と恥ずかしそうに顔を背ける千尋。その間もずっと公平は容《かたち》のよい乳房から手を離さない。

乳首の感度はともかく、ふくらみ自体ではあまり感じない女性は意外に多い。菜月もそんな一人なのか、だからこそ興味をそそられるのだろう。

「温められると、神経は敏感になるそうです。だから、こうして手のぬくもりを伝えると感じやすくなる……。さらには、乳腺が活性化され、バストアップにもなり一石二鳥です」

乳房周辺を温めるならお風呂が手っ取り早い。そこをあえて掌で温めることで、羞恥と興奮を煽る効果が生まれ、さらに乳肌の血流を促すのだ。

「おっぱいの周辺には、主要なリンパ節が集まっているから、ここの凝りをほぐせば感度が上がる上に、バストアップにもなるようです。副乳腺の近くにも、結構な神経が通っていて、ここも刺激すると……」

そろそろ頃合いと見定めた公平は、まずは乳腺を刺激する。これは本当にバストアップのマッサージで、乳房の下に手をあてがい、左右の手で交互にすくいあげるように動かすのだ。

　みぞおちの高さにあるふくらみの下の遊離脂肪を、乳房に引き上げるようなイメージでマッサージしていく。

　決して肌を傷つけないようにやさしく持ち上げ、手が乳房や肌から離れることのないよう連続して引き上げる。

「あんっ……んふぅ……ん、んん……」

　まじめな施術であるはずなのに、千尋の漏らす吐息は悩ましくも熱い。温めた効果が表れているらしい。

　対する公平も掌性感を刺激され心地いい。Cカップ分の遊離脂肪が悩ましくも官能的に手指の中で踊るのだ。

「そろそろかな……。もういいですよね。この邪魔なブラを外させてくださいね」

　公平は、千尋の許しを得ぬままに、女体の両サイドから手を挿し込み、いとも容易くブラのホックを外してやる。

「菜月さんは、千尋さんのパンツをお願いします」

　呆然と成り行きを見つめていた菜月が公平に促され動く。千尋の細腰に手を回し、指図通りにパンティのゴム部を摑み取った。

「千尋さん。全部、脱いじゃいましょうね」

同意を得ようとした訳ではないが、それでも訊かずにはいられない。

「ああ、種田さん。は、恥ずかしいわ……」

許しの言葉はくれずとも、千尋とていずれ全裸に剝かれることは覚悟していたらしい。恥じらいを口にしながらも美貌を背けるばかりで、大人しくされるがままでいてくれる。それをいいことに、公平と菜月は、千尋から下着を剝き取った。

「ああっ。いやぁ。脱がさないでぇっ」

まるでレイプを受けているかのような悲鳴。それでいてやはり、千尋は一切の抵抗を放棄している。

クールビューティの美貌が朱に染まり、想像以上に濃密な色香が漂った。

「千尋さんのおっぱい綺麗ですっ！　少し小ぶりだけれど、いかにも上品で……」

シミひとつない半円球が、眩いまでの魅力を放ち、恥ずかしげに佇んでいる。

成熟した遊離脂肪が、わずかに左右に流れたものの、ハリのある乳肌が容《かたち》のよいドームを形成している。

清廉でありながら蠱惑的な眺めは、ムンと牝が匂い立つほどエロく感じられる。それは、早くも乳房がそそり立っているからだ。公平の人差し指ほどの円筒形の乳首が、ムリムリッと肥大して乳暈ごと発情している。

クールな美貌には見合わない乳房の扇情的なアンバランスさが、またたまらない。

「ああん。千尋ちゃん、おま×こ濡らしている。恥ずかしいとか言っていても、やっぱり興奮しているのね……。男の子に裸を見られて濡らすなんて、いやらしい！」

またしても悋気を露わにする菜月の声に公平も振り向くと、その流れるような下腹部の優美なラインが視線に飛び込んだ。

胸のふくらみを越えた途端、砂時計さながらに細くくびれて、女性らしい丸みだけは残しながらきゅーっと絞り込まれている。

さらにそこから続く腰つきが、また悩ましい。

婀娜っぽくも急激に左右に張り出し、安産型の骨盤の広さに、中臀筋《ちゅうでんきん》も蠱惑的に発達している。そのサイドからの眺めは、頂点高く突きだして洋ナシ型を形成し、後ろの角度から見れば逆ハート形が美しい。

「千尋さんって、クールな顔をしていながら、カラダつきはエロいのですね……」

「千尋ちゃん、羨ましいくらいスタイルがいいから、そのエロさにあまり気づかれないのよ。でも悔しいわ。私以外の人に、それも男なんかに知られるなんて！」

よほど、千尋に執心なのだろうか、またぞろ菜月が嫉妬交じりに、スレンダーエロボディを揶揄《やゆ》している。それがよほど応えるのか、千尋の女体がいよいよ震えた。

「確かに千尋さんのカラダのエロさは認めますけど、そう言う菜月さんも、相当男好きのする肉付きだと思いますよ」

公平が口を挟むと、途端に菜月が頬を赤らめた。

「やだあ。種田さんのエッチぃ……。いまは私のことはいいから、さっさと千尋ちゃんとやっちゃいなさいよ。千尋ちゃん、こんなにおま×こ濡らしているのだもの。おち×ちんをいきなり挿入《い》れても感じちゃうと思うの」

まるで恋人を早く犯せと催促するような菜月。フェミニンな美貌には小悪魔のような表情が浮かんでいる。黒水晶のような瞳は妖しい光を放ち、まるで熱に浮かされているかのように唇が赤い。それでいて菜月が慈愛深い天使のように映るのは、やはり千尋への想いが根底にあるからだろう。

「一足先に千尋ちゃん、身籠ってね……。男とするのは久しぶりでも、挿入《い》れられただけで、イッちゃうくらい気持ちいいかもよ」

半ば自嘲気味に菜月が告げる。その複雑な心中を伝えるように、赤味を増したその唇が、千尋の女陰に触れていく。

「えっ？　ああ、だ、ダメよ、菜月！　種田さんの前で、そんな処、舐めたりしないで……。あっ、ああん。菜月、お願い。私を困らせないで……！」

自らの悋気をぶつけるように菜月が、千尋の女陰に熱いキスを繰り返す。

「ああん、いやぁ……。菜月、ダメなの……。ねえ、いやぁん！」

菜月の唇を躱そうと蜂腰が大きく跳ねまわる。けれど、菜月はそれを執拗に追いかけては、舌を伸ばし零れ出した千尋の愛蜜を舐め取っていく。

「そんなことダメなのにッ……あっ、あはぁっ……ダメなのに、菜月の舌が！」

やがて菜月の薄い舌は、千尋の肉花びらの表面を這い回る。楚々とした陰唇の一枚を舌先でくすぐるように、ゆっくりと舐め上げていくのだ。

「あっ、あっ、あっ……。ダメッ、あぁっ、ダメぇっ！　うぐぅっ……あぁん、舌で突いちゃいやぁ……！」

パートナーである菜月は、千尋の性感帯を把握《はあく》している。しかも、同性であるからこそ分かる感じる部分を気持ちのよい強さ、抗えない舐め方で責めているのだ。

公平は、ぢゅるるるっと卑猥な水音が立つのを耳にしながら、身に着けているものを脱ぎ捨てた。その視線は、一刻も二人の美女が睦み合う姿から離せない。

「あぁっ……菜月、いつもより上手ぅ……。そんな感じる処ばかりを……どうしても私を困らせたいのね？　あうぅっ、あっ、あぁっ！」

ついには熱烈なクンニを浴びせてくる菜月の後頭部をやさしく抱き寄せる千尋。あまりにも愛情深いパートナーに、愛欲を激しく喚起されているようだ。

その美しいやり取りに、公平は大きくそそり勃たせた自らの分身に手をやり、ずりとひと擦りした。湧き起こる快感電流に、多量の先走り汁が噴き零れる。

「千尋ちゃんこそ、いつもより敏感じゃない。もうじっとしていられないの？　そんなに疼くのなら、種田さんに挿《い》入れてもらいなよ……」

千尋を揶揄しながら、ちらりとこちらに視線を向けるのは、公平を促しているのに相違ない。

「やだ。ウソぉ！　種田さんのおち×ちんって、そんなに大きいの？　こんなに凄いおち×ちんなら千尋ちゃん絶対に孕まされちゃうね」

菜月の驚きの声に、自然、千尋の視線も公平の股間に吸い込まれる。

その表情には、狼狽と恐怖が入り混じり、頬を強張らせている。それでいて、黒目がちの双眸には、妖しい光が灯《とも》されているように見えた。

5

「ほら、千尋ちゃん。種田さんがしてくれるって……」

準備の整った公平の気配を察し、菜月が占めていた千尋の股間を退いていく。

「ずっと、気になっていたのですけど、その〝種田さん〟って呼ぶのやめてもらえます？　これからお二人と、結ばれるのですから……。公平と呼び捨てにして構いませんので……」

実は、彼女たちの方がお姉さんなのに、「種田さん」と呼ばれると、年上にでもなったような不思議な心持ちで落ち着かない。できれば甘い関係を築きたい思いもあり、せめて呼び方だけでも変えて欲しいと要望した。

「そっか。いつまでも種田さんではよそよそしいよね。じゃあ、公平ちゃん。千尋ちゃんをよろしく」

まさかの〝ちゃん〟付けが、いかにも菜月らしい。

「もう菜月ったらぁ、勝手ばかり……。ああ、でも公平くん。よろしくお願いします。私を身籠らせてください」

観念したかのように、美貌を朱に染めながら千尋が求めてくれる。

千尋の太ももの間には、大きな隙間が生まれていた。すらりと伸びた美脚をベッドの上に立て、太ももの間をくつろげているのだ。

「承知しました。よろこんで……」

菜月の熱い視線を意識しながら、公平はベッドの上に四つん這いになり、千尋の上に覆いかぶさっていく。

「今度は菜月さんが、千尋さんのおっぱいを責める番ですよ。もうすっかり血流がよくなっているはずですから、後はお好みでたっぷりと愛してあげてください」

承知したとばかりに菜月が、サイドから千尋の上半身のあちこちに口唇を押し付けていく。

「あぁん、菜月ぃ……。好きよ。大好き……。これから私、菜月の赤ちゃんを孕むのね。うれしい！」

熱烈なキスを浴びせてくる菜月の後頭部をやさしく抱き寄せる千尋。あまりにも無《む》垢《く》に愛し合う二人に、公平の愛欲も激しく喚起される。

「あっ、こ、公平くんっ！」

千尋の股間に正常位で陣取った公平が、上反りの利いた肉竿の裏筋で、鮮烈なサーモンピンクの媚裂を擦った。

「あふんっ！　そ、そんなところをおち×ちんで擦らないで、いやらしすぎるわ」

剝き出しの女陰を平行に、肉幹で擦りつけると、清楚に身を潜めていた肉花びらが引き攣れるように震えてはみ出してくる。

「どうですか？　ち×ぽとま×このキスは……。ああ、千尋さんのま×こ熱が伝わってくる！」

「あぁんっ。公平くん、わざとすけべな言い方で……あっ、ああんっ」

亀頭を嵌入《かんにゅう》させずに、肉幹表面を浅く窪みに嵌めこみ、ずりずりと擦りつけを繰り返す。蜜口からクチュクチュと卑猥すぎる水音が漏れ出る。

撒き散らされた蜜液を亀頭部や肉竿にたっぷりと念入りにまぶしていく。

「どうなの？　公平ちゃんとのち×ぽキス。気持ちいい？　菜月はおま×こに嵌められて出し入れされるだけのセックスしか知らないけど、千尋ちゃんもこんなエッチなキッス初めてでしょう？」

昂奮の色を隠そうとしない菜月が、千尋を問い詰める。

千尋は美貌を背けたものの、おずおずと小さく頤《おとがい》を頷かせ、その指摘を肯定した。

「千尋さんのま×こ、可憐に咲いて蜜を振りまいています。自分でも判りますよね。

すごく綺麗ですよ……」

公平に女性器を品評された千尋は、耳まで赤く染めた。

「ああん、公平くんのバカぁっ……。千尋が恥ずかしがることばかりっ！　もういいから、さっさと挿《い》入れて！」

いたたまれず急かそうとする千尋に、公平は挿入角度に分身をあてがい直した。

魅力的な女体から甘いフェロモンが立ち昇っている。公平の興奮をマックスにまで押し上げ、切ないまでに挿《い》入れたい気持ちにさせる牝臭だ。

「いい塩梅《あんばい》に準備もできたので、挿《い》入れますよ」

「ああ、千尋、本当に公平くんに抱かれてしまうのですね。いいわ。きてっ！」

決意を秘めた艶声に誘われ、公平は、ついに腰を前へと突きだした。

「あっ、あああっ……。こ、公平くぅん、あうぅぅっ」

濡れた声。切れ長の目を淫らに潤ませてさんざめく黒曜石の瞳。華やかに煌めくふっくらとした朱唇。クールな美貌が悩殺的に蕩け、凄艶な色香を放っている。

股間に凄まじい嵌入感が爆発したのだろう。双眸が見ひらかれ、あえかに開かれた唇の中、朱舌を引き攣らせている。

「あはぁ……挿《はい》ってくる。ぅふううう〜っ……。こ、公平くんのおち×ちんが千尋の膣中《なか》に挿《はい》ってきちゃうの」

蜜口にあてがった亀頭部は、さほどの抵抗もないままにちゅるんと帳《とばり》をくぐると、そのままつづら折り状に連なる媚襞を押し広げ、おんなの孔を拡張していく。

「あぁ……なんて大きなおち×ちん……あんんっ、っく……千尋のおま×こ、いっぱいに拡げられちゃうっ……あはあぁぁ～～っ」

やはり、千尋が男根を迎え入れるのは久方ぶりなのであろう。その媚肉は、トロトロに奥までが濡れそぼっているのに、ひどくキツイ。まるで貞淑な未亡人の如き狭隘《はば》な肉膣だ。ゴムチューブを思わせる抵抗力と大きなうねりが公平の巨根の侵入を阻もうとするのだ。

「すごく狭いおま×こなのですね……。本来、こういうプライベートなことを聞いてはいけないのですが、ち×ぽを挿入《い》れられるのって、どれくらいぶりですか？」

このハードなキツさが、パートナーである菜月に裏切りを働いたことがないことを物語っている。そんな千尋の貞淑さを知りたくて、あえて公平は尋ねた。

「も、もう八年にはなります……」

恥ずかしそうにそう口走る千尋の美貌を、菜月が感激の面持ちで見つめた。

「八年前って千尋ちゃんと私が出会ったころよね……。そんなころからずっと、男にカラダを許していなかったんだ。千尋ちゃん、うれしいよぉ！」

その感激を表現するかのように、菜月が千尋の乳房にむしゃぶりつく。

挿入感に、ほころぶ円筒形の黄金乳首を口腔に含み、コロコロと舐め転がすのだ。

「あっ！　菜月、いまはダメっ。乳首敏感過ぎるの……あぁっ、ダメぇ～～っ」

ぬちゅ、ぬちゅうっと舐めしゃぶられた乳首が刺激を受けて、さらに大きくそそり立つ。クールな美貌にそぐわないほど淫らにそそり勃った乳首を、容赦なく菜月がほじり、しゃぶり、なぎ倒す。

「千尋ちゃんの乳首美味しい。菜月、千尋ちゃんの乳首、大好きなんだ……」

唇の及ばない乳房を小さな掌が揉みしだいている。

同性故に知る性感のありかを菜月は丹念に責めていた。

いつもこんなふうに愛しあっているのだろうかと、そんなことを思いながら公平は勃起に絡みつく蜜壺の具合を堪能する。

乳房から送り込まれる肉悦に媚肉が反応し、妖しい蠕動がはじまっている。

「あぁっ。千尋さんのま×こ凄いっ！　ごつごつザラザラした起伏が勝手に蠢いて、僕のち×ぽに噛みついてきます！」

ザラつきのある媚肉に、鈴口から先走り汁を無理やり吸い出されるような感覚だ。

その絶妙な感触に、公平は体中に鳥肌を立て歓喜に打ち震えた。

公平の分身に貫かれたモデル張りの美しい女体が、下着姿の美女から舐めしゃぶられ、キスの雨あられを受けている倒錯的な交わりが、若牡の平常心を奪っていく。

それ以上に千尋の媚肉が、具合のいい名器であることもさらに拍車をかけている。ねっとりと牡肉に絡みついては、うねる畦道《あぜみち》も、蠕動する肉襞も、公平を溺れさせてやまない。しかも、天井のザラつきなどは、これこそがカズノコ天井と呼ばれる突起なのだろうと、思い知らせてくれるのだ。

お蔭で、いつもよりも早い段階で、元素記号を呼び起こさなくてはならない状況で、あっという間に精を搾り取られそうだった。

「キツキツなのに、ものすごく膣中《なか》が蠢いています。ああ、ザラリとした肉壁に擦れるのが、ヤバいくらい気持ちいい！」

ゆっくりとした挿入を心がけ膣孔をほぐしていく。先端で孔揉みするように腰をグラインドさせ、ミリ単位の小刻みな出入りを繰り出した。

「あっ、あんっ、う、動かしているの？　な、なに？　あそこが、お、奥がぁ～っ！」

効果はすぐに表れる。千尋が全身をわななかせて啼くのだ。

しばらく使われていなかったおんなの中心が、どんどんぬかるみに変わっていく。隘路が蕩けだした分だけ、公平は慎重にずるんっと切っ先を進ませる。

「す、凄い……おま×こがいっぱいになっても、まだ挿《はい》ってくるのですね……あっ、んんんっ」

膣路が逞しい怒張を咥え込むたび、忘れかけていた恍惚が奥底から溢れだしてくるようで、美貌は発情色に染まっている。

「あっ、ひうん！　──うぅっ！」

美麗な女体が一際震え、艶声が甘い吐息となって零れ落ちた。

千尋の会陰《えいん》に丸々とした精巣を押し付け、寄り掛かった鼠径がずるずると女体をずり動かす。それによって生まれた新鮮な快感に、千尋が激しく身悶える。律動によって湧き起こる愉悦に女体が勝手に逃げようとするも、公平は腰の括れを捕まえそれを阻む。

「ああっ、イヤ、そんなに奥ばかりいじめられたら、私、すぐに果ててしまいます」

わずかな抜き挿しにも兆していることを千尋が告白した。獣性を解き放った男の責めからは逃れられないと、悟ったようだ。

なおも菜月が容《かたち》のよいふくらみを乳繰《ちちく》るから、なおさららしい。

「ああっ、どんどん速くさせて、どうしても千尋に恥をかかせるつもりなのですね？　いいわ。好きに、してください……めちゃくちゃにしてぇ……！」

「千尋さん、おおっ、千尋っ！」

美女の濡れた声に煽られた公平は、重々しくもリズミカルに女陰に打ち付けていく。その逞しい腰つきを千尋は、全身で受け、抽送に合わせて腰をくねらせ、怒張を受け入れる。

「締まりも、具合もなんていいんだ。千尋さんのおま×こ、最高です！」

誉めそやすほどに女壷が蠢き、媚襞が大量の愛液を分泌する。浅ましく尖らせたクリトリスが公平の付け根に擦れている。

次々に湧き起こる鮮烈な悦楽に、たまらず千尋は菜月にしがみついた。

「ああん、溶けちゃうわ、こんな熱いおち×ちんで掻き回されたら、千尋のおま×こも子宮も溶かされちゃうぅっ！」

菜月の首筋に懸命にしがみつきながら、公平の太ももの裏を足首でロックし、踵《かかと》でぐいぐいと引き付けてピストンをせがむ。

「はあああぁ、許して菜月……。ふしだらな千尋を許して……久々のおち×ちん、たまらないのッ！　ああ、ダメっ、イキます、イッちゃうのぉ！　おおぉッ!!」

菜月に許しを請いながら初期絶頂に達した千尋。重々しいピストンを浴びせられ秘所が陥落したのだ。その貞淑さとは裏腹に、艶っぽい喘ぎ声と共にイキ乱れる。

「あっ、あっ、あああああああぁ〜〜っ！」

強烈な肉悦に、その身を焦がす千尋に、なおも公平は追いピストンで、その官能を追い詰めていく。

「またイクっ。あはぁ、イキます……あっ……イクぅ……千尋、イキます〜〜ッ!!」

比較的早く、二度目の絶頂の波が千尋を攫った。懸命に菜月の華奢な首筋にしがみつきながら、一度目よりも深く、甘く、淫らな頂に昇り詰め、恍惚の表情を浮かべている。

その表情は、「気持ちいい！」と訴え、おんなに生まれた幸せを如実に語っている。

「ああ、で、でも……。千尋だけがイッて、公平さんはまだなんて……。千尋のおま×こ、それほどよくないのかしら……」

たて続けに二度のオルガスムスを迎えながらも、千尋は、公平がまだ射精していない事実に戸惑っているようだ。自分の肉体が公平を満足させるに至らなかったという不安に襲われているらしい。

6

「そんなことないと思うよ。公平ちゃんも気持ちよさそうな顔をしてるもの……。男もこんな蕩けた貌をするのね……。千尋ちゃんのおま×こがよっぽどいいのね。ずるいなあ。菜月は千尋ちゃんのおま×こ、味わったことないのにぃ！」

そんなふうに公平の快感を菜月が代弁してくれた。それも可愛い悋気のおまけまでつけて。おんなである菜月に、千尋の女陰を味わう肉棒はない。それを承知の上で、菜月は悔しがっている。

「ごめんね。菜月さん。僕だけが千尋さんの極上おま×こを味わって……。お詫びに、菜月さんも気持ちよくしてあげますね……」

菜月を仲間はずれにしたくない公平は、千尋の女陰から肉棒を退かせ、おもむろにベッドの中央で仰向けになる。

「千尋さんのおま×こ、最高過ぎて射精をやせ我慢しちゃいました。だって、できるだけ長く味わっていたいから……。で、今度は、僕のち×ぽに跨《またが》って自分から挿入してください。菜月さんは、ほら、僕の貌に跨って」

二人の美女が公平に指図されるままに動く。もはや何の疑問も抱かぬくらいに、ふたりとも興奮状態にあるようだ。

千尋は、おずおずと公平の腰部に跨ると、肉棒にマニキュア煌めく手指を添え、自らの女陰に導いていく。微かに躊躇いは見られたものの、蜂腰が肉棒めがけて落ちてきた。

「んん、はあ、はあ……ああん、こんなの、こんなのって……」

羞恥の呻きを漏らしながら、千尋は和式トイレに座る格好で尻を沈ませ、肉幹を女壺へ収めていく。

片や菜月は、仲間に入れてもらえるのがよほどうれしいようで、嬉々として公平の貌を白い下着を穿《は》いたまま跨った。

「あふん！　……おぉう、おほっ……あっ、あああああぁ〜〜っ！」

千尋がぶるぶるっと派手にわななき仰《の》け反《ぞ》った。絶頂を迎えたばかりの女陰は、敏感過ぎるのだろう。公平の肉棒を咥え込んだ瞬間、膝の力が抜けたようで、ずぶずぶと一気に巨根を呑み込んでしまったのだ。

千尋の肉土手がぐしゃりと潰れ、公平の付け根に擦れている。奥底を切っ先が叩いた手応えを、公平は確かに感じ取った。

「はぁんんんんんん〜〜〜っ！」

はしたないよがり声を振り撒き散らしながら、スレンダーな女体が絶頂に上り詰めた。その女体を支えるように菜月が抱きしめている。

「千尋ちゃん、あんなおち×ちんをいっぺんに呑み込んじゃったの？」

「はあ、はあ……。うん。大きなモノがまた千尋の膣中《なか》に挿入《はい》っているの……。おま×こ敏感過ぎてヤバいのに、勝手に腰が動いちゃう」

鋭角に括れた腰をクイッとしゃくりあげ、千尋が恥丘を押しだす。

柔襞に表皮を擦られ、思わず公平は「うっ」と唸り声を漏らした。その反応に、力を得たように千尋が両方の膝をマットレスに押しつけ、結合を確かなものとする。体位を固めてから、小刻みな振動を加えてくるのだ。

「うう、ううう。ああ、いい。ぐわああ……千尋さん、すごくいいです！」

乗馬にも似た動きに、互いの生殖器がより馴染んでいく。それを見計らうように千尋が腰を前後に揺さぶって肉棒をあやしにかかる。ふんだんに分泌した愛液の助けもあって、亀頭は膣奥と滑らかに擦れている。

「ああん、この感覚、何かしら……？　こんなのはじめてです」

膣の奥深くで、改めて千尋は公平の逸物の異質さを感じ取ったようだ。

男性器の多くは、左右のどちらかに曲がっているが、公平の場合、形状が驚くほど真っ直ぐなのだ。しかも、中の芯もしっかり通っているため、いくら突き動かしてもブレがない。それは騎乗位なればこそ、よく知覚できるのだと詩乃からも聞かされている。

「もうっ！　千尋ちゃん、また公平ちゃんのおち×ちんに夢中になってるぅ……。えっ？　あっ、いやぁん！」

またしても悦楽に耽る千尋に嫉妬の炎を燃え上がらせる菜月。その朱唇から甘い悲鳴が漏れたのは、千尋に気を取られ無防備となった股間から公平が白いパンティを擦り下げたからだ。

若い女性特有のX脚が慌てて閉じようとするが、公平の頭が邪魔で思うに任せない。それをいいことに、菜月の秘密の花園をたっぷりと視姦した。

その女陰は、あまりに清楚であり、幼気であり、健気に咲いている。公務のお陰で花唇を目にする機会も多いが、そんな公平でもドキドキさせられてしまうほど可憐な女陰だ。

（同じ女性器でも、どうしてこうも違うのだろう……！）

そんなことを思いながら公平は頭を持ち上げ、亀のように首を伸ばした。

「菜月さんの可憐なおま×こ、カワイイから食べちゃいますね！」

そう告げると、菜月の了承も得ぬままに、無防備な股座に口腔を運んだ。

途端に香る甘酸っぱい牝臭。清潔にケアされていても、酸性のエキスの入り混じる匂いは否めない。けれど、それは、むしろ公平をうっとりとさせる濃厚な牝フェロモンでもあった。

「そ、そんなのダメっ！　食べちゃうなんて、あはぁ！　こ、公平ぇ……」

〝ちゃん〟づけもできなくなるほど余裕を失い、身を捩る菜月。なおも閉じようとする太ももに、自然、公平の両頬が挟まれ気色いい。まるで、すべすべのつきたてのお餅を頬っぺたにあてられたよう。少し熱を孕んでいるのは、発情の証しか。

「あぁんっ、あはぁっ……おおおおぉっ！」

口唇から迎えに行くようにしてべっとりと陰唇にあて、淫靡なキスを繰り返す。

突き出した唇でちゅちゅっと突いては、もぐもぐと唇を蠢かせ、淫花唇にやさしく擦らせる。

「ほううぅっ、あうぅ……おっ、おっ、おほぉ……つくぅぅぅ〜〜っ！」

巨根を丸呑みにした千尋の膣肉が熱くさんざめき、蠢きまわる。鈴口と子宮口がべったりと当たり、濃厚なディープキスを繰り返している。それもこれも千尋が、細腰を前後にくねらせているからだ。

「むぐぐぐっ……ぷはぁ。す、凄いです千尋さん。そのいやらしい腰つき、超気持ちいいっ！」

鋭い快感に公平は、思わず口唇を菜月の女陰から離して呻いた。けれど、公平がいくら揶揄しても千尋の淫らな腰つきは止まらないどころか、さらに勢いを増して擦り付けてくる。

呼応するように菜月も、もっと舐めて欲しいとばかりに女陰を公平の口のあたりに擦り付けてくる。

さすがの公平も騎乗位と顔騎を同時に受け、痺れるような官能に包まれていく。押し寄せる凄まじい興奮に、公平はベーっと舌を伸ばし、しきりに擦り付けられる菜月の女陰をあやしていく。

「んふぅ……あはぁっ。いいの。気持ちいいっ。おま×こが……ああん……歓んじゃう」

舌を伸ばし、べろべろと肉花びらを舐めまわす。否、伸ばした舌の上を女陰が、つーっと滑っていく。女陰のヒクつきと連動して、びくんと男好きのする女体が艶めかしく痙攣した。

内ももの筋肉が力んだり緩んだりするのに合わせ、菊座がひくひくと蠢いている。

（すごい！　千尋さんのまん肉が、僕のち×ぽに絡みつく……。ああ、菜月さんのマン汁は、塩辛いのに甘いんだ……！）

湧水のように滾々《こんこん》と溢れだす愛蜜を公平は舌で集め喉奥に流し込んでいる。胃の腑に流れ落ちた蜜汁は、媚薬の如く公平の性欲を倍加させるのだ。

「んふぅん……んあぁっ……ほぉぅ……んうぅぅっ。食べてるのね……ああ、菜月のおま×こ食べられてるぅ～っ！」

あんぐりと口を開き、縦幅５センチもないであろう淫裂を覆い、もぐもぐと顎を動かす。

舌先では口腔内に巻き込んだ短い肉ビラを舐めくすぐり、美女の悦楽をあやす。

「んんっ、っく……。んふん、んっく……。ああ、やぁ、挿《い》入れないでぇ……。公平の舌とおま×こがエッチしちゃうぅ～～っ！」

菜月の腰振りが舌ペニスの出入りを加速させる。けれど、どうやら菜月自身は、そのことに気づいていないらしい。

舌ペニスには滾るような熱や硬さこそないが、ペニスにはないつぶつぶの乳頭が、柔襞をやわらかく梳《くしけず》り、それでしか味わえない性感を膣内に拡散させていく。

「あひっ！　舐められてる。菜月、お腹の中を公平に舐められちゃってる～～っ！」

ついに湧き上がる快美感を堪えきれなくなったのか、女体が前のめりに頽《くずお》れた。公平が、その太ももを支えようとするまでもなく、千尋の細腕に菜月は縋《すが》り付いた。

ふしだらな腰つきを繰り返す千尋の方も、菜月を支えにしなければ騎乗位を維持していられない。二人は互いを支え合いながら、やがてうっとりと唇を重ね合った。

「んんんむむむっ！」

ふいに千尋の口腔の中、菜月の悲鳴が爆発した。

千尋が菜月と口づけしたまま、その白いキャミソールを裾から捲り上げたのだ。

「ああ、千尋ちゃん。脱がせないでよう。恥ずかしい！」

菜月の朱唇から千尋が離れ、その隙にキャミソールが細い首から抜かれる。

「菜月だけ下着を残しているのズルいもの。それに菜月のおっぱいにも、公平さんがしてくれたのと同じことをしてあげたいの」

言いながら千尋が、その細腰をくねらせながらも、菜月の乳房を下方から恭しく持ち上げて揉み潰していく。

「ああん。いやぁ……。千尋ちゃん、菜月がおっぱい感じやすいの知ってる癖にい！」

肉感的な女体がブルブルッと震えたかと思うと、浮かせていた蜜腰が公平の貌の上に落ちてくる。

(ああ、なんて背徳的で淫らなことを……。ヤバい!! もう興奮を抑えられない!)

甘く華やかな美女たちの淫靡な芳香に包まれ、公平は法悦に浸る。

限界だった。これほど倒錯した交わりに公平の昂りはマックスに振れ、射精我慢などまるで利かない。

「むふうぅっ……ぐおおおぉっ。射精《イ》くぅ。もう射精《イ》くぅ……!」

菜月の女陰マスクにくぐもった声を響かせながら、公平は自らも腰を突き上げた。

同時に、顔を左右にブルブルと振って菜月の女陰に突き挿した舌先を蠢かせる。

はじめにイキ恥を晒したのは菜月だった。

公平に呼応するように千尋が女体を折り、菜月の乳首を上下の唇で捉え、甘くすり潰している。もう一方の乳房には、細くしなやかな手指が食い込んでいた。

「んあぁ……。そこダメっ……痺れちゃう……ねえ、菜月、恥をかいちゃうよぉ……ああ、ダメっ、イクぅっ、イクぅ〜〜っ!」

声になるか、ならないかのような掠れた悲鳴。自らの手で唇を覆い、懸命に漏れ出る喘ぎを堪えている。

しかし、肉体の反応は素直だった。ここぞとばかりに公平が指先に女核を捉え、やさしくすり潰すと、ついに菜月の肉体は絶頂の祝福を受けた。

「むほおおおおおっ〜〜っ！」

ふしだら極まりない牝啼きが零れ落ちたのは、たまらずに菜月の美貌が天を衝《つ》き、千尋の頭を抱き締めたからだ。

牝イキする菜月に触発され、千尋も絶頂を極める。

「はおおおおおおおおぉ〜〜っ！」

クールな美女が菜月の乳房に美貌を埋めたまま、はしたないまでに甲高い艶声を響かせてイキ震えた。

「し、子宮が……鐘のように鳴り響いてるぅ……そ、そんなに突かないでください……千尋の子宮が割れちゃいそう……あっ、ああっ！　イクっ、千尋また恥をかきますぅううう〜〜っ！」

なおも巨大な亀頭で、しこたまに奥を突きまくられ、引っ掻かれ、捏ねられて、連続絶頂に打ち上げられている。

千尋も淫らな練り腰でクナクナとくねらせ、真空状態にした膣筒で切っ先を吸い上げてくる。

「ぐはあああ、ち、千尋さん……。最高だぁ！　超気持ちいいよぉ〜〜ッ！」

公平はベッドに立膝をして懸命に腰を持ち上げては下ろしを繰り返し、可能な限り大きなストロークで、自らの官能を追っている。もはや頭の中は、射精衝動だけが占めている。

二人のおんなと男が激しく絡みあい、衝撃を受け止めきれないダブルベッドが大きくギシギシと軋《きし》みを上げた。

「さあ僕の濃厚な子胤を千尋さんのおま×こに……。ぐぅうっ、千尋さん、おま×こで、しっかりと僕のち×ぽを搾ってください！」

「は、はいっ。イキま×こを精いっぱい搾りますから、公平くんの子胤を、は、早くっ……あぁっ、ぃイクッ、千尋またイクぅぅ〜ッ！」

激しい公平の射精衝動に揺さぶられ、身も心も蝕《むしば》まれた美女は、ひたすら牝を晒す。ぎゅっと菜月に抱きしめられながら蜜襞を搾っている。

「千尋さん、射精《だ》します。千尋さんのま×こに……。菜月さんももう一度イッて、おま×こにキスしてあげますからっ！」

またしても公平は首を伸ばし、菜月の女陰に濃厚なキスを送る。伸ばした腕を太ももに回し、手指でも充血しきった肉芽を弄ぶ。

とどめとばかりに渾身の一撃で、千尋のおんなを貫いた瞬間、二人の美女が大きく牝啼きしながら互いをきつく抱きしめた。

ふしだら極まりないトライアングルを描いて三人の性悦が頂点を極める。

「ふぬううううううぅっ！」

しとどに蜜液の垂れ落ちる美女の股間に唇を押し付け、腰を高く掲げて、くぐもった雄叫びを上げる。

肉塊そのものが爆発するかの如く、内側から膨れ上がると、鈴口から夥しい量の精液を噴出させた。

びゅっ、びゅびゅびゅびゅっ！　と、激甚《げきじん》な射精音が響くのを千尋と公平は体で聴いた。

「あ、熱いっ！　公平さんの子胤、熱すぎますっ……ああん、子宮が焼け落ちそう……。あはっ、イッ、イクッ、またイッちゃいます……熱いのを浴びて、子宮がイクっ……菜月、千尋イッてるのぉ～～っ！」

パートナーである菜月に抱かれながら、公平に膣内射精を赦《ゆる》した千尋は、背徳と牝の本能に貫かれ、散々にイキ乱れて咽《むせ》び啼いている。強烈な多幸感に突き上げられたまま、容易に戻ってこないのだ。

菜月もまた愛する千尋に抱き着いたまま、公平に女陰を貪られ、女体をわななかせて恍惚で蕩けている。

千尋も、菜月も、互いのあまりにはしたないイキ貌をうっとりと眺めている。

力尽き、公平は頭をどっとベッドに落とした。それでもなお、ビュ、ビュビュッと放精が続いている。菜月の分も残しておかなくてはと、頭の片隅で考えている自分が滑稽《こっけい》でおかしい。

（精液を半分残して射精をやめるなんて、途中で小便を止める以上にムリか……）

公平の体の上で、腰を抜かしたようにへたり込んでいる千尋の軽い体重が心地いい。全てを放出しきったはずの肉棒は、それでも萎えようとしない。あらたに形成したハーレムの甘い空気に、敏感に反応しているのだ。

「ああ、この分ならすぐに菜月さんともできそうです。大丈夫。僕の精液は濃い方だから、必ず菜月さんも孕ませます」

公平の言葉に、すぐはムリと諦めていた様子の菜月の表情がパーッと華やいだ。精子を注がれる予感に、菜月は生殖本能を煽られ、蜜壺を激しく蠢動させた。

どろりと公平の貌に濃い蜜汁が吹き零された。

「ぶはぁっ！　この熱い蜜液は僕には媚薬です。じゃあ、菜月さんのだらしのない牝ま×こには、獣のように後ろから種付けしましょう！」

途端に菜月が、超絶的に可愛い貌で微笑んだ。華奢な女体がベッドの上で、四つん這いに公平を待ち受ける。絶対に逆らえないほどの牝フェロモンが、ぱっくりと口を開けた女陰から漂っていた。

終章

1

「ねえ。公平くん……」

ベッドの上に仰向けになり荒い息を吐《つ》いていた公平に、甘い囁きが吹きかけられる。

声の方に顔を向けると、目に入ったのは、ほんのりとピンクに染まった艶めかしい丘陵。美乳と呼ぶにふさわしい理想の曲線と共に、黒い草叢《くさむら》に覆われた秘部も晒されている。その恥毛が露わに光り、宝石のように見えた。

「今度は、千尋の番ですよね……」

顔を反対に向けると絶頂の余韻に浸り、公平同様呼吸を荒くして横たえている菜月の肢体。ヒクつく下腹部の草叢の陰りは、やや千尋の方が濃いであろうか。

ふっくらとした恥丘に気を取られていた公平の下腹部に、おずおずと千尋が取りつく。

「はい。今度は千尋さんの番です」

返事をする公平の肉茎に、すかさず千尋の朱唇が及ぶ。

（えーと。これで何度目だ……？　二人交互に迫られるとキリがないなぁ）

どちらか一方と交わっている間に、もうひとりが回復してしまうから、いつまでたっても終わらない。

絶倫を誇る公平といえども、さすがに体力が持たなくなっている。

妊娠をするまで面倒を見るのが公平のポリシーとは言え、さすがに自信も揺らぎはじめた。

あれから二週間ほどになるが、千尋と菜月の性欲はいや増す一方で、「公平さんにならこれからも抱かれたいです」と言い出す始末なのだ。

「もちろん公平ちゃんだけだから……」

「僕はうれしいです。千尋さんと菜月さん、お二人から信任を受けたみたいで……でも、必ず孕んでくださいよ。僕はいま公務執行中ですからね」

確認すると美女たちは、頬を赤らめながら大きく頷いた。

ただし、三人の間には、決められた一つのルールがある。必ず〝三人で〟妊活する約束で、「抜け駆けや仲間外れはなし！」と釘を刺されているのだ。

恐らく釘を刺したい相手は、千尋と菜月がお互いに対してであり、公平は当て馬のような役割りと言っていい。

(当て馬っていうより、種馬だけど……)

内心、自嘲気味にオヤジギャグをキメながら他方では、男冥利に尽きると満更でもない。

元来、千尋と菜月には、バイセクシャルの素養があるらしい。

二人共に、おんなの子が好きなだけで、自らの性に疑問や違和感を抱いているわけではないそうだ。だからこそ、おんなとして男に抱かれることにも、それほど抵抗がないらしい。

それでも〝公平〟だけと千尋も菜月も公言してくれるから、自尊心は満たされる。

(要するに、千尋さんと菜月さんは、互いに愛し合っているのだな……)

だからこそ、嫉妬もすれば独占もしたくなる。

恐らくは、妊娠という目的がなければ、公平は千尋にも菜月にも触れることさえできなかったであろう。

その意味では、やはり公平は種馬以上でも以下でもない。けれど、それでもいいと思っている。互いを思いやり、愛し合う千尋と菜月を羨ましく思っているからだ。

（微笑ましい二人の愛の手伝いを僕がしているんだ……）

おこがましいかも知れないが、そんな風に公平は思うのだ。

実は、瑞穂や柚希から連絡があったと詩乃が知らせてくれた。

二人目も公平にお願いしたいと、まだ一人目も産んでいないのにご指名があったそうだ。

けれど、その指名に応えることはできないかもと思っている。

（瑞穂さんや柚希の指名に応えられないのは残念だけど、いつまでも〝はぐれ公務員〟なんて斜に構えてはいられない。そろそろ僕も変わらなくちゃ……）

元来の公平は、詩乃が見立てたように何事にも一所懸命な熱血漢だ。そんな公平がやさぐれたのは、あるプロジェクトに抜擢《ばってき》されたことがはじまりだった。

プロジェクト名は市と県の行政連絡会議――。政令指定都市と県庁による縦割りの廃止や二重行政を解消する目的で立ち上げられたもので、似通った政策や行政を一元化し、予算の削減や煩雑な市民の手続きを簡略化するプロジェクトだったが、なぜか入庁二年目の公平がそこに抜擢されたのだ。

いま思えば、その人事もどうせ上手く行く訳がないのだからと選ばれたものか、あるいは使い物になりそうもない奴を集めればプロジェクトなど暗礁に乗るとの悪意によるものか、公平の知らぬところで様々な思惑があったに違いない。

けれど、それこそ右も左も判らない公平だから、庁内の空気も読めずに熱くなり、空回りして、半年も経たぬうちにバーストしたのだ。

公平の足を引っ張ることで、監督責任を問題にし、連絡会議そのものを消滅させるパワーが働いたのだと、後から耳にした。

それが、公平が〝はぐれ公務員〟となった理由だ。正直、あの時に詩乃から声が掛かっていなければ、あとひと月も役所に残っていたかどうか。

けれど、ある意味で〝はぐれ公務員〟であったからこそ、公平は特命課に配属となったのだろう。浮かぶ瀬もありとは、よく言ったもの。

(だけど、そろそろ僕も人に浮かばせてもらうばかりじゃなく、自分でも浮かばなければ……)

いつの間にか、そう思えるようになっていた。それは、瑞穂や柚希、千尋と菜月との出会いによってもたらされた心境の変化だ。

やがて公平の遺伝子を持った子供たちが産まれてくる。残念ながら直接、公平が育てることはない子供たちだが、少なくともその子供たちに恥じぬ生き方をするべきとの思いが、公平の中に芽生えている。

それには、はぐれ公務員を卒業するしかない。すなわち、特命課の妊活要員として種馬の役を降りるしかないと思っている。

曲がりなりにもこの仕事も公務であり、人事が関わることである以上、公平は公務員を辞すことになるかもしれない。それも致し方なしとまで考えていた。

その一方で、公平は詩乃にプロポーズするつもりでもいるのだ。

（と言ってもなあ……。あの詩乃さんが、受けてくれるかなあ……。無職になる九歳年下の男からのプロポーズなんて……）

そんな弱気が顔をもたげるが、公平が詩乃を心から愛していることも事実なのだ。

千尋と菜月を見ていて微笑ましくも羨ましいと思うのは、詩乃への想いがあるからだ。

公平も詩乃を独占していたいし、ずっと側にいて欲しい。

恐らく、詩乃は公平の子を身籠っている。そのことを彼女は隠そうとしているが、公平にはピンとくるものがあった。

「詩乃さんと僕の子だもの、一緒に育てたい。責任を取らせて欲しい……。詩乃さんを愛しているから」

そうプロポーズしたら詩乃は何と言うだろうか。

「もうっ！　こんなにカワイイおんなの子をふたりも侍《はべ》らせておいて、公平ちゃん、心ここにあらずって、どういうこと？」

物思いに耽っていた公平を菜月が詰《なじ》る。その朱唇が公平の肉棒を側面から啄んだ。

いつの間にか千尋も四つん這いになり、無言のまま菜月とは反対側から肉柱に顔を近づけてくる。

「おっ、うおっ！」

ふっくらした唇が両サイドから忍び寄り、勃起の肉皮を甘く剝かれた。

「あっ！　ぅわあああぁっ！」

ツンと尖らせたふたつの朱唇が、まるでドクターフィッシュのように肉棒を啄む。

ちゅっと薄めの唇が直棒の上面に吸い付くと、ぶちゅんと裏筋にももう一人の口唇がくっつけられる。

「おほっ！　おっ、おぅぅっ！　ヤバいです。二人とも超気持ちいいっ！」

くっついては離れ、啄まれては、舐められ、カチコチの肉柱をふたつの朱唇が弄ぶ。

手を触れずに口だけで奉仕してくれるから、いくら強張っていようと肉棹は揺れてしまう。

互いの口唇の間をこっちへ行ったりあっちへ行ったり。まるでふたりの美女の間で揺れるどっちつかずの公平そのもの。それでも二人は健気にも、いやらしく分身をちゅっちゅ、ちゅっちゅと啄んでいく。

「あはん。公平さんのおち×ちん、とっても硬い……。ぶちゅちゅっ……いつもより熱を孕んでいるのは、ふたりにされるのがうれしいのですか？」

「ああん。公平ちゃんのおち×ちんが、こんなに大きいから……ちゅっ、ちゅるるっ……こんなに淫らなご奉仕も二人でできちゃう！」

卑猥なヌメリ音に刺激されるのか、美女たちは、その逆ハート形の美尻を高く掲げ、愛らしく左右に振っている。

ふわりと漂う甘い匂いは、透明な蜜の雫をしとどに滴らせているのだろう。

「ああ、ふしだらな唇。超気持ちいいです。うおっ！　う、裏筋ぃっ！」

千尋の唇が付け根から亀頭までの裏筋をまるでハモニカでも吹くように、滑らかに滑った。

思わず腰を持ち上げる公平に、負けじと菜月が亀頭エラに沿って濡れ舌を這わす。

「ぐおお。菜月さんもいいです。ふたりの舌にくすぐられるのヤバいぃ〜っ！」

ついには競うように肉棒をペロペロと舌先で嬲ったり、唇で吸いつけたりする美女たち。お陰で公平は目を白黒させて快感を味わっている。

「公平ちゃん、そんなに気持ちいいの？　じゃあ、今度は私たちの息の合ったところを見せてあげるわ」

美貌を紅潮させてそんなことを言い出す菜月に、千尋が尋ねる。

「息を合わせるって、何をするつもり？　いまだって左右から十分に合っているはずだけど……」

確かに、ふたりの口淫は、見事に息が合っている。

「うん。でももっとね。もっと凄いエッチな奴。私たちの淫らさを公平ちゃんに見せつけてやりたいの」

「例えば？」

「うーん。だから例えばぁ……。そう！　両サイドからおち×ちんをおま×こで挟みつけるとか！」

突拍子もない思いつきを口にする菜月に、千尋の美貌がカァッと紅潮した。想像しただけで興奮をそそられたのだろう。

公平でさえ、その淫らなダブル素股を想像して、肉柱をさらに漲《みなぎ》らせたほどだ。

「いやん。菜月のバカぁ……。私にまでそんないやらしいことをさせるつもり？」

嫌と言いながらも、千尋はその言葉ほど嫌がっていないように見える。あるいは、言い出したら聞かない菜月に、半ば諦めているのだろうか。否、それだけではない。明らかに興奮の色が美貌に現れているのだから、やぶさかではないのだろう。

「本当は千尋ちゃんもやる気満々じゃん。うまくできるか判らないけど、やってみようよ」

菜月が千尋を促しながら女体の位置を入れ替えた。後ろ手をつき、屹立する肉柱に自らの秘部を近づけてくるのだ。千尋も菜月の見様見真似で、同じ体勢を整える。

「おま×こを擦りあわせる要領で、公平ちゃんのおち×ちんを挟み込んで……。あっ、ああん！」

ねっとりとした秘貝が左右から迫り、公平の肉柱を挟み込む。

「おわぁっ！　ヤバいですよ菜月さんの粘膜がぴとっと吸い付いて……。ぐはぁっ、ち、千尋さんもおま×こヒクつかせないでください!!」

二匹の牝が松葉状に足を組み、その湿潤な隙間に肉棒が巻き添えにされている。

「いやあん。何これ、すごくいやらしい！」

千尋が恥じらいの声を漏らすのも不思議はない。亀頭部も肉幹もそのほとんどが粘膜と粘膜に包まれるように、押し競《くら》まんじゅうに晒されている。

ふたりの女陰が、比較的、下つきであることも、その快感に大いに寄与している。

「あふん……あっ、いやん……公平くんのごつごつしたおち×ちんと菜月のやわらかいおま×こに擦れて……あっ、ああん」

千尋が頤を天に晒し、官能の歌声をあげる。

「あっ、ダメっ、公平ちゃんの熱いおち×ちんが焼き鏝《ごて》のように……。あはぁ、千尋ちゃんも動かしちゃいやぁ……」

艶めいた喘ぎを零しながら静止を求める菜月自身も腰をゆらゆら蠢かしている。

千尋と菜月のふたつの桃尻が、公平の腰骨に載り、体重がのしかかる。それでもスレンダーな彼女たちであり、全ての体重が載らぬよう腰を浮かせ気味にしているから耐えられないほどではない。それよりも押し寄せる快美な悦楽の方がよほど勝る。

さすがに肉棒の半ばほどから付け根までは挟まれていないのだが、熱いヌメリが左右からねっとりと絡みつき、押し付けられて、挿入していると何ら変わりのない官能が押し寄せてくる。

しかも、あまりにも猥褻《わいせつ》なダブル素股が、異次元の興奮を呼び起こすのだ。

「あんっ、ああ、こんないやらしいこと……。ああ、ダメよぉ菜月ったら、腰を振っちゃダメぇ」

生き物のように蠢く熱い粘膜が、公平の肉棒に盛んにすがりつく。粘っこい蜜液を分泌しては、亀頭部を舐めまわすようにスライドする。左右から勃起を蕩かそうとする腰つきに、いつしか公平も腰を突き上げては下ろしを繰り返している。

「千尋ちゃんこそ淫らな腰つき……ほあぁっ……感じるところに擦れちゃうよぉ！」

二人の腰つきが安定しないため、挟まれている公平には予測のつかない動きで擦られていく。襲い来る愉悦の高波に、思わず奥歯を噛みしめた。

「うわぁっ……おっ、ぐおぉっ！」

気も狂いそうな悦びに、すぐに噛み締めるのも苦しくなり、ただ野獣のような呻きを上げる。頭がぼうっとなりかけ、慌てて公平は静止を求めた。

「ま、待ってください。タイム！　タイム！　タイム！　ダメです。まずいです！」

急速に込み上げる射精感に、公平は逃げるように腰を引き、大声で喚いた。

「どうしたの？　なにがまずいの？」

うっとりと蕩けた表情の菜月が、辛うじて腰の揺らめきを押しとどめ聞いてくる。

「気持ちよすぎて……イッちゃいそうなのです」

「あん。そんなこと構いません。このまま射精してください。私と菜月のおま×こに、公平くんの熱い精液かけてください」

「そうよ。公平ちゃん。一度に美女ふたりのおま×こに射精《だ》すなんて経験、そうできるものじゃないじゃん」

二人のやさしい言葉が胸に沁みる。

「でも、二人を置き去りに、僕だけなんて、そんなこと……。第一、種付けすることが僕の公務です。だから……」

公務員として彼女たちに尽くし、ふたりの瑞々しい女体を喜悦にわななかせながら孕ませることが、公平の仕事なのだ。その公務を果たさずに、自分だけがあえなく果てるわけにはいかない。

「お二人とも、これ以上は、公務執行妨害になりますよ。大人しく退いて、僕の精液をおま×こで受け止めなさい……！」

ギリギリの線でやせ我慢して、強い口調で腰つきの制止を求める。

「ああん。公平ちゃんが凛々《りり》しい！　判りました。判りましたから、菜月のおま×こに精子をください！」

ポッと頬を赤らめ、おねだりをする菜月。蜂腰を持ち上げるようにして退かせると、今度は女体を四つん這いにして肉棒をねだるのだ。

「いやぁ。菜月ったらずるい！　今度は、千尋が射精してもらう番よ。ねえ、公平さんそうでしょう？　千尋、もうイキそうなの……。ううん。本当は、軽くイッてます。だから、お願い。千尋のおま×こに射精《だ》してください！」

切なげに美貌を歪めながら千尋も、菜月に追従して雌豹のポーズを整えていく。触れなば堕ちんとは、いまの彼女たちのような状態を言うのだろう。

「そうなんだ。じゃあ、もうほんの少しだけ頑張れば、みんなでイケるのだね！」

状況を理解した公平は、嬉々として体を持ち上げ、膝立ちのまま並べられた二つの美尻ににじり寄るのだった。

2

それから間もなく千尋と菜月の妊娠の知らせを詩乃から受け取った。

気がつくと季節は、いつの間にか歳が明けている。

「詩乃さん。昨年は、公私に渡りとてもお世話になりました」

「な、何なの急に改まって……。あっ、あぁん、だめよっ。詩乃の感じるところばかり……」

左右に大きく張り出したフェンダーの如き詩乃の蜂腰が悩ましくうねる。ふっくらした下唇をめくり上げ美人課長が、奔放なよがり啼きを晒した。

「だって、僕の偽らざる気持ち！　いまの僕があるのは、詩乃さんのお陰です」

やさしく耳元で囁いてから、詩乃の耳孔に舌を挿し入れ、ねっとりと舐めすする。

「あうん。耳、感じちゃう……。あっ、ああ、あぁぁん、当たっているわ。詩乃の痺れる場所に擦れている……。は、ぁっ……はぁ、はぁ……っくふぅ……」

背面座位で繋がり、正面の鏡に嬌態を映し出している美人上司。羞恥しながらも若々しさと成熟を両立させた艶肌から濃厚なフェロモンを漂わせている。

「相変わらず詩乃さんのカラダ、エッチですよね。いくら射精しても、何度でも欲しくなります。いや、射精《だ》せば射精《だ》すほど、性欲が湧いてくる。詩乃さんのカラダ、はじめて抱いた頃よりもさらに熟れた感じで、ものすごく色っぽい！」

あれから五か月、ことあるごとに抱かせてもらった女体は、すっかり公平に馴致《じゅんち》している。従順に肉棒の容《かたち》を覚え、挿入した瞬間から官能にわななくのだ。

「ねえ。詩乃さん。そろそろこの間のお返事をもらえますか？」

「ああん。公平くん、ズルいわ。こんな風に私を抱きながら返事が聞きたいなんて」

「だって、こうでもしないと詩乃さんに、上手く言いくるめられてしまいそうで……」

公平が聞きたい返事とは、特命課から外れたいとの申し入れと、合わせて詩乃にプロポーズしたその答えだ。

「詩乃さん。僕と結婚してください！　詩乃さんと一緒に僕の子を育てたいのです。こんな想いを抱えたまま今の仕事は続けられませんので、異動願いを提出します。たとえ辞表を出すことになってもかまいません。はぐれ公務員を卒業したいのです」

ストレートにその想いをぶつけると、詩乃は「どちらも少し考えさせてほしい」と保留したのだ。

ドキドキソワソワと落ち着かない数日を過ごした。

「お話があるの……」と、いつものホテルに呼び出され、いつもと変わらずに詩乃は公平を求めてくれた。

それは色よい返事の兆候に思えたが、きちんと言葉にしてもらえていない。

それでも何食わぬ顔でじっくりと美人上司をたっぷりと牝啼きさせ、多量の牡汁を肉襞の一枚一枚に吸わせた後、こうして抜かぬまま背面座位に体位を変え、ゆったりとした官能にふたりは揺蕩うているところなのだ。

「公平くん本気なのよね？　私、九歳も年上なのよ。それに仮にも私は、キミの上司なの……」

続く詩乃の答えがＮＯであると予想され、思わず公平は反論した。

「そんなこと関係ありません。年上だって気にしない。詩乃さんが上司であっても関係ない。僕はありのままの……裸の詩乃さんに惚れているのです」

激情に任せて膝の上の女体をぐいっと揺すらせる。

途端に、甘い吐息を漏らし詩乃が仰け反る。

「ああん。ま、待って。最後まで話を聞いて……。公平くんがそう言うことくらい判っているから」

「判っているならどうして……」

「だから、最後まで聞いてってばあ……。私は……詩乃は……。公平くんのプロポーズをお受けします。詩乃を公平くんのお嫁さんにしてください。それが散々考えた詩乃の結論よ」

一瞬、彼女が何を言ったのか理解が追い付かない。ようやく詩乃が色よい返事をくれたのだと気づき、公平の悦びは爆発した。

小躍りせんばかりに喝采《かっさい》を上げ、力強く女体を背後から抱き締めた。

「詩乃さん……。ありがとう。うれしいです。ああ、好きです。詩乃さん、大好き！」

　抱きすくめた女体の確かな温もり。未だアクメ余韻に女体を火照らせている上に、公平同様に詩乃も高揚しているのだろう。

「あん。ねえ、焦らすつもりはないけれど、もう少しだけ待って。話はまだ終わっていないの……」

　慌てて公平を押しとどめる美人課長に、他に何の話があるのかと訝しんだものの、ここは大人しく最後まで聞くべきと、少し腕の力を緩めた。

「うふふ。聞き分けがよくてよろしい……。でね、結婚するにあたり、私は少子対策室から離れようと思うの。いずれ産休に入ることもあるから、対策室は後任に引き継がなくてはならないでしょう？」

　産休の言葉に公平は、薄い肩越しにその視線を詩乃の下腹に向けた。

　相変わらずの美しい女体に、一つの変化が見られる。はじめてレクチャーを受けた頃には、引き締まっていたお腹のあたりが、心持ちふっくらしている。

　目立つほどではないが明らかに詩乃は身籠っている。言わずと知れた公平の子を。

「むしろ、詩乃さんのためにもその方が……。しょせん特命課はお試しのような部署だし、とても公《おおやけ》にできる公務でもないのだから……」

ただ詩乃の口ぶりでは、特命課そのものは存続されるようで、公平のあずかり知らぬところで公務を継続していくことになるのだろう。

「でね、公平くんは、特命課から子育て支援センターへの異動が、ほぼ決まりそうなの。でもそれは、春の人事になるから、あと二月ほど特命課で頑張れるかしら？」

子育て支援センターは意外だったが、いまの公平には似合いの部署な気がする。

もしかすると、瑞穂や柚希の子育て支援もできるかもしれないのだ。

どうやら詩乃は、そこまで熟慮《じゆくりよ》の上で公平を守るために手を尽くしてくれたのだろう。公平へのプロポーズに即答しなかったのも、その目途《めど》をつけてから返事をしたかったのに相違ない。

「頑張れます。あと二か月の間、特命課のはぐれ公務員を全うさせていただきます。でも、ごめんね。詩乃さん。詩乃さんという愛する妻ができたのに、まだ僕は方々に子胤をまき散らすことになる」

「あん。それは気にしないでいいのよ。だってそれが公平くんの公務なのだもの。その任を授けたのは他でもない私なのだし……。その分だけ、私と産まれてくる赤ちゃんを大切にしてくれるなら十分です」

公平よりも九つ年上の美人上司が、鏡の中、急にカワイイおんなへと変貌した。その蕩けた眼差しは、愛する者に向けるそれだ。

「もちろん大切にします。たっぷりと詩乃さんを、じゃなくて、詩乃を可愛がるから。一生、詩乃のことを愛し続けるよ。もちろん、僕のち×ぽもこれからもずっと味わわせてあげるから覚悟してね」

前半は極めて真剣な表情で、そして後半は少しおどけて公平は愛を誓う。

「でも大丈夫、詩乃……。今更だけど激しく突いていいの？」

実際、今更な話で、すでに公平は、我が子を孕む美人上司を後背位で串刺しにして、貪るようにその豊麗な肉体を求めている。

たっぷりと射精しても収まることを知らぬ肉棒を女陰から抜くことなく、すぐにまた律動をはじめ、二度目の放出も終えている。そして今は、背面座位。いずれもお腹を圧迫しないように気を配ってはいるものの、激しさは正常位と変わらない。

「うん。大丈夫だと思う。お医者様からも、順調だと説明されているし……。三か月を過ぎているから問題ないみたい。それよりも詩乃が欲しいの。だって、愛しい旦那様にしてもらえるのだもの……」

長く詩乃の膣内に埋めていたいと公平が望み、肌と肌を密着させて穏やかな時間に浸りあっていたが、それもそろそろ限界が近づきつつある。

この美しくも色っぽい詩乃が、公平の新妻になってくれる歓びが、数百倍数千倍もの興奮を呼び起こしているから余計にたまらない。

「どんなに抱いても詩乃のおま×こ飽きないよ……。ものすごく具合がよくて、こうして膣内に漬けているだけで射精《で》ちゃいそうだ」

褒められたのが嬉しいとばかりに、背中をしならせて詩乃が唇を求めてくる。ゼロ距離で密着している肉体が、さらにべったりと一つになった。

「ああ、詩乃もこうしているとしあわせ……むふん、ほふぅ……ずっとこうしていたい」

公平は右手を細腰に残したまま、左手を太ももに滑らせた。同じ思いであると伝える代わりに、股間のあわいに息吹く肉芽を摘み取る。

軽く指先に触れるだけで、びくんと反応するほど鋭敏な女性器だ。

「んふっ、くふん、んんっ、んぁ、あ、ああ……っ」

合一感が多幸感を生み、悦びがぐんぐん昇華される。詩乃は膣奥に埋められた極太の存在にもほだされ、小さな絶頂の波状攻撃に晒されるらしく、肉のあちこちを艶めかしく震わせている。

「ホント気持ちいいなあ……。詩乃の肌……。このおま×こも……。ねえ、詩乃。僕、しあわせだよ。こんなにしあわせでいいのかなぁ」

公平は小刻みに腰を揺すらせて、跨る美人上司を自らの太ももにスライドさせた。

鏡の中に、極太の肉棒が女陰を出入りする生々しい様子が映っている。

「あふん……んふぅ……。わ、私も……。詩乃も怖いくらいにしあわせよ」

蕩けた表情で詩乃が、再び背後に仰け反るようにして公平にキスを求める。あえかに開かれた朱唇が近づいて、公平の唇を貪った。

唇と唇の間につーっと銀の糸を引きながら詩乃がやわらかく微笑む。

（ああ、詩乃さん、物凄く綺麗だ。これが僕の妻なんだ……！）

熱い想いが公平の中に込み上げる。それはそのまま激情となって、公平を衝き動かした。肉塊で貫いたまま、やさしく女体を前方へと押し倒した。

「また少し、激しくするけど大丈夫だよね？」

そっと尋ねると、四つん這いになった詩乃が振り返り、濡れた瞳でこくりと頷く。

それを合図に、くびれ腰を両手で捕まえ、そのままぐいっと肉塊で深挿しした。

切っ先が子宮口にぶつかる手応え。委細構わず、グッグッと押し貫いていく。

「正式な届出とか、儀式とかは後にするけど、いまから詩乃は僕の妻だよ。身も心も僕のモノになってくれるね……」

公的に妻かどうかはともかく、すでに詩乃は公平のおんなに違いない。けれど、それを彼女の口から言わせたくて、ピストンを繰り出した。

「あっ、はん……。何を今さら……私は公平くんの妻です。身も心も捧げますから……詩乃のことをいつでも……あっ、ああん……好きなだけ……ひあっ、あぁんっ」

「うん。そうだね。詩乃は僕のモノ。僕だけのもの……。詩乃の感じやすいところや弱いところ全部知っているしね。好きなだけ詩乃を犯すよ。このおっぱいを揉みながら……おま×こを僕のち×ぽで突きまくるからね」

公平は獣欲を剝き出しにして、前屈みになり乳房を鷲摑む。指の間からひり出した乳首が真っ赤に充血して膨れ上がるのをぐいぐいと揉みしだいた。

これほど獣欲が募るのは、切ないくらいに詩乃を愛しているから。それほど詩乃がいいおんなである証しだ。

「ああ、ください。詩乃のおっぱい揉みながら、おま×こをいっぱい突いて欲しい。全て公平くんのモノだから……。公平くんの好きにしていいの。詩乃は、それでしあわせよ……あはぁ、公平くん……しあわせなのぉ〜〜っ」

謳《うた》うような新妻の告白。夫への愛を口にしながら、淫らに昇り詰めていく。

凄まじい悦びと満たされた想いを胸に、公平は猛然と腰を繰り出した。

「ほおおぉ……。あぁん、あぁ、あっはあぁっ！　イクっ。公平くんの大きなおち×ぽで詩乃、またイッちゃうぅぅ～～っ！」

詩乃から望まれるばかりではなく、本能の赴《おもむ》くままに公平は股座をぶつけていく。どんなに激しくしても、この豊麗な女体なら受け止めてくれる安心感がある。

嬉々として公平は、雄々しい抽送をずぶずぶずぶと女陰に送り込む。

「詩乃はこんなに愛されている……。あぁん、素敵……公平くん……もっと深くまできてっ……大丈夫、大丈夫だから。詩乃の奥をもっと突いてぇ……」

切なげに啼き叫び、四つん這いの自らも蜂腰を振る詩乃。彼女が動くたび、敏感な粘膜に心地よい刺激が広がり、肉棒が熱くなる。

甘い快感に酔い痴れながら公平は、媚巨乳を双の掌で弄び、逞しい腰使いで三十路の恍惚を掘り起こしていく。

「ひうっ！　イクっ！　詩乃イクっ！　……ああん、あぁぁぁ～～っ！」

子宮口にずにゅりと鈴口をめり込ませるような深突きに、新妻は身も世もなく啼き狂い、牝イキした。

「うふぅ、射精《イ》くよ！　僕もイクっ！　僕の精子で詩乃を溺れさせるから……ぐおぅっ！　し、詩乃もいやらしいま×こで、しっかり僕のち×ぽを搾って！」

「は、はいっ。公平くんのおち×ぽ搾るから、詩乃の膣中《なか》にいっぱい射精《だ》して……あ、あぁっ……し、詩乃にっ……あぁぁんっ！」

返事をする美人妻をさらに揺さぶるから、よがり声も淫らに震える。それでも健気に詩乃は、必死に媚尻を持ち上げて蜜襞を搾らせ、公平の望みに応えてくれる。

「ぐおぉっ締まった。射精《で》るよっ。詩乃のイキま×こに……あぁ、射精《で》る〜〜っ！」

公平は脳髄まで痺れさせながら、ぶすりと膣奥に挿し込み、亀頭を目いっぱいに膨らませ、鈴口から多量の牡汁を吐き出した。

「ぐふううっ。搾られる。詩乃のおま×こに、ち×ぽが搾られる……あぁ、もっと搾って……僕の精子全部呑んで！」

どくどくと白濁液を注ぎながら、なおも新妻に注文をする。公平に従うよりも早く、本能的に牝が肉幹を締め付けてくれる。

ぱっくりと開いた鈴口から濃い濁液を、二度三度と子宮に注ぎ込んだ。

「あはぁ、おま×こ溢れちゃうぅぅ……。公平くんの精子で子宮がいっぱいに……。あぁっ、赤ちゃんが溺れてしまう……。ひやぁ詩乃、熱い精子でイクのぉ〜〜っ！」

常識外れなまでに樹液を流し込まれた美人妻は、文字通りその牡汁に溺れ、はしたなくイキまくる。

極太の肉幹がみっちりと牝孔を塞いでいるから溢れかえる精液に行き場はない。詩乃の言う通り、揺籃《ゆりかご》に眠る赤子を溺れさせてしまうかと公平も心配した。

慌てて肉柱を退かせ、白濁液と愛液が混濁した白い泡を蜜口から噴きださせる。

濃厚な男女の情交にシーツは乱れまくり、牡牝の淫らな匂いが充満している。


公平は、力尽きてベッドに突っ伏した女体を仰向けに返し、その詩乃の乳房に頭をあずけて激しい息を整えた。

早鐘を打っていた新妻の鼓動が、次第に落ち着き、穏やかなものになっていく。

トクン、トクンと耳元に響く、かつて聞き覚えのあるリズム。

(ああ、気持ちが安らぐ。そうか鼓動って、母の胎内で聞いた音だから安心するんだ……！)

公平の頭を詩乃が、やさしく撫でてくれる。

淫獣は、新妻の揺籃でまどろみ、しあわせに夢を貪った。


（了）

※本作品はフィクションです。作品内に登場する
団体、人物、地域等は実在のものとは関係ありません。

孕《はら》ませ公務員《こうむいん》
〈書き下ろし長編官能小説〉
2023年11月20日初版第一刷発行

著者……………………………………………北條拓人

デザイン………………………………………小林厚二

発行人…………………………………………後藤明信
発行所……………………………………株式会社竹書房
〒102-0075 東京都千代田区三番町8-1
三番町東急ビル6F
email：info@takeshobo.co.jp
竹書房ホームページ http://www.takeshobo.co.jp
印刷所……………………………中央精版印刷株式会社

■定価はカバーに表示してあります。
■落丁・乱丁があった場合は、furyo@takeshobo.co.jp までメールにてお問い合わせください。